대한국인大韓國人, 우리들의 이야기

대한국인, 大韓國人
우리들의 이야기

박종인 지음

기파랑

역사에 대해 아는 바는 일천하지만, 역사에서 배운다. 고마움을 우선 배운다. 역사 속에 명멸한 그 많은 선배들이 있었기에 나는 이렇게 살아서 숨 쉬고 있다. 악행을 저지른 선배도 반면교사로 고맙고 선과 덕을 쌓은 선배는 격렬하고 명쾌하게 고맙다. 세종대왕이 고맙고 이순신 장군이 고맙고 안중근 의사가 고맙다. 그리고 청계천을 헤매며 꿈을 키웠던 구자관이 고맙고 지하 1000미터 막장에서 탄을 캔 한창석이 고맙고 구로공단에서 날밤을 새며 동생과 가족을 먹여살린 고선미가 고맙다. 사하라 사막 바람 맞으며 발전소를 창조해낸 김철빈이 고맙고 편한 삶 팽개치고 자기 나라로 돌아와 나라를 부강하게 만든 안영옥이 고맙다. 이들이 누구인가. 사서史書는 외면했지만 이들이 없었다면 역사 자체가 불가능했을 역사의 동력이고 역사의 주인공들이다.

내 아내 이주연과 딸 서우에게도 고맙다. 세상 마음껏 돌아다니며 좋은 글과 사진을 쓰고 찍으면서 나 혼자 잘난 척하게 살고 있지만, 그 잘난 척과 말도 안되는 허언(虛言)을 감수하고 격려해준 이 두 여자가 없었다면 불가능했던 일임을 이 나이 들어서야 알게 되었다.

조선 말기 그릇된 판단과 허황된 고집으로 나라가 망하고 식민지가 돼 버린 이 나라가 분단이 된 채 전쟁을 맞고 폐허가 되었다. 걸출한 영웅들과 질긴 민초들이 힘을 합쳐서 그 폐허를 다지고 새로운 삶의 공간을 만들었다. 지구상 어느 인류사에서 대한민국만큼 기적적인 부활을 이룬 역사가 있다는 말은 들어보지 못했다.

구두닦이, 시다, 버스 안내양, 중동 노동자, 광부, 송출선원 기타 등등. 우리는 박정희와 정주영과 이병철은 알지만 이 사람들 이름은 모른다. 모두 위대하다. 어떤 이는 현대사를 지휘했고 어떤 이는 그 현대사를 살아냈다. 살아냈다 뿐인가, 실질적으로 그 현대사를 만들어냈다. 이 책은 그런 사람들에 대한 이야기다.

책을 쓴 이유는 명쾌하다.

우선 감사와 고마움이다. 금붕어가 물의 소중함을 모르듯, 우리는 우리네 필부들의 감사한 삶에 대해 무심했고 무심하다. 앞으로도 우리는 대개 무심할 것이다.

그래서 대한민국 격변의 현대사를 가족과 나라를 위해 묵묵히 살아낸 사람들에 대한 고마움을 담았다. 정당한 대접과 평가를 받았다면 모르겠으되, 백마고지를 쟁취한 소총수처럼 본분을 다하고서 잊힌 사람들을 만나 그들의 회한을 감사한 마음으로 기록했다.

그리고 내 정체성을 찾기 위해 기록을 했다. 2015년 대한민국, 나 박종인은 무엇으로 구성이 돼 있는가. DNA차원까지 깊숙하게는 아닐지라도, 적어도 역사적 차원에서 나를 구성하는 요소는 분명히 있다. 내가 1966년 생이니 나를 구성하는 요소 가운데 1/3을 DNA, 1/3을 그냥 나 자신이라고 한다면 최소한 나머지 1/3은 바로 역사다. 그 역사를 살아내고 그 역사를 만든 사람들이 과연 누구인지 똑바로 알고 싶었다.

그 사람들을 만날 때마다, 사람들은 내가 누구인지 알려줬다. 분명 자기네 살아온 여정을 얘기했지만, 그 여정을 한줄기한줄기 모으면 그게 바로 2015년 박종인의 혈관 속에 흐르는 역사적 혈액임을 알게 되었다.

그리고 미래를 준비하기 위해 이 책을 썼다. 나는 국수주의자 혹은 민족주의자는 절대 아니다. 애국자로 불리기에도 한참 부족한 사람이다. 하지만 내가 살아오고 내 가족이 살아갈 미래를 위해, 짧은 우리 대한민국 현대사가 어떻게 구성이 되었는지 알려주고 싶었다. 알면 보이고, 보이면 산다. 역사를 보면 미래를 살 수 있다.

우리, 엽전도 아니고 못난 나라도 아니다. 단군의 자손 혹은 배달의 민족이라는 단일혈통 신화는 깨졌다. 하지만 일단 이 땅에 뿌리를 내리면 우리는 대단해진다. 우리가 얼마다 대단한 삶을 살았고, 그 삶이 얼마나 찬란했으며, 그래서 우리네 한국인이 기실은 그냥 한국인이 아니라 대大 한국인임을 알고 우리 모두 그렇게 살아가자.

2016년 2월
광화문에서
박종인

차례 | 대한국인, 우리들의 이야기

01

소년
구자관과
청계천

01 소년 구자관과 청계천

6·25전쟁이 끝나고 6년이 지난 1959년 2월이었다. 구자관은 청계천을 걷고 있다. 작년 이맘때 자관은 국민학교를 졸업했다. 두세 달씩 차이 나는 외사촌 네 명도 같은 날 졸업했다. 졸업식엔 참석했지만 자관은 졸업장을 받지 못했다.

입에 풀칠하기 힘든 살림 탓에 자관은 월사금月謝金을 밥 먹듯 빼먹고 결석도 밥 먹듯 했다. 며칠 뒤 외사촌들은 교복을 입고 가방을 메고서 중학교에 입학했다. 사촌들 입학식 날 자관은 꺼먼 군복을 입고 아이스케키 통을 메고 청계천으로 갔다.

'밥 먹듯?' 자관은 어른들 표현이 불쾌했다. '밥이라도 먹었으면 좋겠다.'

해가 바뀌었다. 아이스케키 통이 구두 통으로, 다시 메밀묵 통으로 바뀌었다. 군복은 구멍이 나고 색이 바랬다.

태어나고 일 년 하루 만에 맞은 해방은 전혀 기억에 없었다. 전쟁에 대한 기억도 어렴풋하다. 열다섯 살 소년의 뇌세포에 각인된 기억은 가난뿐이다. 교복 입은 외사촌들 뒷모습이 다시 떠올랐다. 자관은 메밀묵 통을 윗도리 속으로 감췄다. 작년에도 그러했듯 봄이 오면 묵통은 구두 통으로 바뀔 것이다.

해거름 속을 걷던 발걸음이 동대문 앞 오간수교에 닿았다. 다리 아래에는 기름 영롱한 잿빛 액체가 흘렀다. 판잣집에서 흘러나온 똥물과 빨래하다 남은 양잿물, 음식 찌꺼기, 기름 낀 염색 공장 검은 폐수가 뒤섞여 만든 광채다. 고개를 들면 빨랫줄에 걸린 염색한 군복들이 하늘을 가렸다. 박제된 듯, 세상은 딱딱한 잿빛이었다.

공장 앞에는 드럼통들이 놓여 있었다. 어떤 통에서는 시커먼 물이 끓고 있었고, 어떤 드럼통에서는 장작이 타고 있었다. 아이들은 천변川邊 좁은 공터에서 놀았다. 판잣집 사이 골목은 뛰어놀기에는 비좁았다. 장마철에 똥물이 넘친다고 물장구를 칠 수 있는 것도 아니었다.

빡빡 민 머리에 털옷 입은 아이들이 모여 있었다. 아이들은 옆구리 터진 글러브를 끼고 권투를 했다. 동무들이 에워싼 링, 도망갈 구석 없는 좁은 공간에서 아이들은 서로 두들겨댔다. 맨주먹일 때만큼 아팠지만 때리는 즐거움에 고통은 잊혔다. 주먹이 눈에 들어올 때마다 잿빛 세상에는 불꽃놀이가 벌어졌다.

"와, 황홀하다!"

맞은 아이가 자존심을 누르며 던진 말에 동무들은 눈두덩을 주먹으로 눌러 어둠 속에 어룽거리는 황홀경을 즐겼다. '너희나 나나, 삼류=流다.' '삼류'는 어제 야학에서 처음 배운 단어다. 맞으며 웃어대는 아이들을 외면하고서 자관은 삐져나온 메밀묵 통을 소매 밑으로 밀어 넣으며 뚜벅뚜벅 걸어갔다.

"나는 판자 숲의 3류 개미였다!"

일제 말기에 양계장을 했던 아버지는 전쟁 와중에 고무공장을 차렸다. 선비 기질이 농후한지라, 손대는 사업은 신기할 정도로 다 망했다. 없는 살림을 더 이상 쪼갤 수 없어, 국민학교를 졸업할 때까지 자관의 일곱 남매는 외갓집, 고모집으로 흩어져 살았다.

그러다 겨우 미아리 집에 다 모여 사나 싶더니 전쟁이 터진 것이다. 미아리고개에 있는 자관이네 집 앞으로 인민군 탱크가 지나가고 그 뒤로 인민군보다 더 많은 피난민들이 내려와 청계천변에 자리를 잡았다. 천둥벌거숭이로 38선을 넘은, 200만 명이 넘는 삼팔따라지들은 청계천과 중랑천, 정릉천변과 남산 기슭에 상자집을 지었다. 사는 꼬라지가 꼭 개미집 같아서 사람들은 개미마을이라 불렀다. 변소도 같이 썼고 판자와 골판지로 만든 벽 너머로는 옆집 방귀소리도 들렸다. 남산기슭 일본 육군 관사를 점령했다가 쫓겨난 따라지들과 귀국 동포들은 그 위쪽 미군 사격장에 움막을 지었다. 목숨을 건 산기슭 정착지를 해방촌이라 불렀다.

1976년 7월 17일 개통된 서울 잠수교. 용산과 반포를 잇는 다리다.

전쟁이 끝났어도 삶은 똑같았다. 자관은 자전거에 자기 키보다 높게 고무를 싣고서 상자집이 몰려 있는 개미마을들을 지나 영등포 공장과 미아리 집을 오가곤 했다. 그런 날은 학교를 가지 못했다.

청계천변 개미마을은 생명체였다. 자고 일어나면 집이 지어져 있고, 해가 지기 전에 몇 채씩 철거되거나 불이 나서 사라지는 변화무쌍한 동물이었다. 탈피와 변태를 반복하는 동물 같았다. 어느새 광화문우체국에서 동대문 사이에 갈 곳 없는 사람이 6만 명이나 모여들었다. 국수 장사, 찐빵 장사, 뱀탕 장사에 넝마주이와 거지까지 함께 살았다.

1958년 겨울 동대문 판자촌에 큰불이 났다. 집 2000채가 홀랑 타버렸다. 집터와 개천은 시멘트로 덮였다. 그 터에 삼팔따라지들은 신식 건물을 짓고 시장을 만들었다. 이름은 평화시장이라고 지었다. 사람들은 재봉틀 하나로 옷가게를 차리고 군복을 물들여 팔았다. 1층은 헌책방들이 들어왔다. 돈이 없어 입주할 수 없던 광장시장 서울 토박이들이 안 부러운 별천지였다.

바닥 드러낸 건천乾川 주변은 나무로 얽은 2층, 3층집 숲이 장관을 이뤘다. 1층 지붕은 2층 마당이었고, 2층 지붕은 3층 마당이었다. 둑 윗집과 아랫집들은 쓰레기 투기를 두고 걸핏하면 아귀다툼을 벌였다.

자관은 그 숲 향기를 원 없이 맡으며 정릉천까지 자전거를 몰고, 걷고, 울었다. 홍수에 숲이 떠내려갔을 때 아이 얼굴에도 눈물 사태가 났다. 누가 이 난리에 내 아이스케키를 사 줄 것이며, 누가 구두를 닦겠다고 신발을 내밀 것인가. 바람이 앞섶을 파고들었다.

겨울은 홍수보다 무서웠다. 신설동 이청교 아래 겨울 모래는 쇠보다 강했다. 나이 마흔에 여섯 식구를 거느린 고물 장사 김동철이 한탄했다.

"식량도 없지, 땔감도 없지. 그런데 모래까지 얼어붙었으니 탄피며 쇠붙이랑 사금파리는 어떻게 파내서 돈으로 바꿀꼬!"

온돌방에 한번 자고 싶다고 칭얼대는 아이들을 달래며, 부부 고물 장수는 모래를 파헤치던 갈고리를 집어던

아이스케키 통을 맨 고학생.

졌다.

어린 메밀묵 장수는 오간수교 위를 걸었다. 멀리 평양 출신 젊은 장로長老 이봉수가 만든 동신교회가 보였다. 다리 위는 만물상이었다. 미군부대 깡통도 팔았고 구호품도 팔았다. 책 좌판도 보였다. 자관보다 나이가 많아 보이는 아이가 책을 읽고 있었다. 자관은 아이를 외면하고 걸음을 재촉했다. 어린 메밀묵 장수는 오간수교를 건너 다시 천변 둑을 걸었다.

정릉천을 지나 집에 닿은 자관은 메밀묵 통을 메고 학당으로 갔다. 천변에는 한 교통경찰관이 세운 천막학교가 있었다. 자관은 서울대생에게서 영어를 배우고 산수를 배웠다. 자관은 중학교 과정을 천막에서 끝냈다.

세상은 장남을 위해 존재했다. 아버지와 어머니는 큰형을 고등학교 졸업시키고 대학까지 보냈다. 길거리에서 대학생 형을 만나 인사하면 형은 못 본 척했다. 가끔 술에 취해 귀가한 형은 "네가 창피하고 네가 불쌍해서 못 본 척했다"며 울먹이며 동생을 때렸다. 배운 거 써먹을 데는 없었지만 딱히 집에서 할 일도 없었다. 어머니도 일터로 갔고 아버지도 공장에 있었다. 아이스케키 통이 구두 통으로 여섯 번 바뀌는 동안 집안 풍경은, 천변 풍경은 유구悠久했다. 잿빛 겨울이 또 한 번 세상을 할퀴고 갔다.

똑같은 일상을 마친 1960년 어느 날 밤 행상에서 돌아온 어머니에게 자관이 말했다.

"어머니, 나 학교 가고 싶어요."

어머니가 한탄했다.

"…외갓집 동갑내기들은 다 고등학생인데 내 아들은 구두 통을 메고 있구나."

자관은 창신동에 있는 강문고등학교에 들어갔다. 야간반은 졸업장이 없어도 월사금만 있으면 입학할 수 있었다. 강문고는 훗날 용문고등학교로 바뀌었다. 자관은 낮에는 돈암동에 있는 걸레 공장에 다녔다. 출근 시간은 아침 여섯 시였다. 미아리에서 걸어서 출근하려면 새벽 네 시 반에 일어나야 했다.

"어머니, 나 쪼금만 더…."

"일어나라. 공장 가야지."

승강이 끝에 일어나면 눈가를 훔치는 어머니의 환상이 보이곤 했다. 훗날 성장한 아들이 물었다.

"어머니, 그때 우셨어요?"

어머니가 대답했다.

"…내가, 내가 가장 가슴 아팠던 게, 그 새벽에 너를 깨우는 게 힘이 들었다. 그게 너무 힘들어서 내가 굉장히 아팠다. 그런데 공장 안 가면 네가 학교를 못 가니까…."

"니미, 네까짓 게 공부?"

출근 첫날 공장 주임은 교복 입은 자관의 따귀를 올려붙였다. 1960년대 대한민국은 열 사람 가운데 여덟은 고등학교를 다니지 못했다. 중학교가 의무교육으로 바뀐 게 1985년이다.

공장 사람들은 매일 아침 그 한恨을 자관의 뺨에 풀어댔다. 뺨에 남은 출근 도장 자국을 문지르며 먼지 내뿜는 야자수 섬유를 집어 들면 옆 작업대에서 걸레 자루를 만들던 두세 살 위 예쁜 누나들이 아이를 달래주곤 했다.

"다녀오겠습니다."

"저게 커서 뭐가 되려고."

오후 네 시, 퇴근하는 자관의 뒤통수에 주임은 조소嘲笑와 질투를 던 져댔다. 공장에서 학교까지 버스를 탔다. 돈이 아까웠지만 버스를 타 면 정확하게 다섯 시 10분 전에 닿았다. 학교에서 집까지는 걸었다. 집 에서 공장, 학교에서 집까지 버스를 타지 않고 걸어서 한 달에 500원 을 모았다. 책 한 권 값이었다.

그 돈으로 자관은 단테의 『신곡神曲』을 읽었고, 괴테의 『파우스트』를 읽었고, 세르반테스의 『돈키호테』를 읽었다. 3년 동안 매일 새벽 한 시 에 집에 돌아와서 밥 먹고 토끼잠 자고 세 시간 반 뒤 출근하고 나니 자 관은 청년이 되어 있었다. 1963년 자관은 생애 첫 졸업장을 받았다.

그 해 여름, 어김없이 공군기 한 대가 하얀 연기를 뿜으며 서울 상 공에 나타났다. DDT 연막 소독을 대신하는 말라티온 살포기였다. 맹 독성인 말라티온은 DDT보다 지독하고 광범위하게 모기와 파리를 죽 였다.

귀청을 찢는 굉음에 귀를 막고서, 개미마을 사람들은 천변 탈출을 꿈 꾸며 서둘러 장독 뚜껑을 덮었다. 8월, 9월 두 달 동안 사람들은 스물 네 번이나 용이 되어 승천昇天하는 꿈을 꿨다. 한 달 뒤 박정희 후보가 5대 대통령에 당선됐다. 또 한 달 뒤 미국대통령 케네디가 암살됐다.

개천에서 용이 날 수는 있어도 모두가 용이 되지는 못한다. 탈출은 쉽지 않았다. 졸업장을 받으면 뭐든 할 수 있겠다 싶었지만 자관에게 세상은 무서웠다. 3년 전에는 4·19 혁명이, 2년 전에는 5·16 쿠데타가 일어났다. 청계천 곳곳에 공구리(콘크리트) 기둥이 세워지기 시작했다. 천川이 사라지고 있었다. 격변이었다.

"졸업장도 소용없네요. 군대나 갈랍니다." 졸업장을 처박아두고 여전히 공장에 다니던 자관은 졸업한 지 2년 만에 군대를 택했다. '인제 가면 언제 오나 원통해서 못 살겠네'의 그 강원도 원통 11사단에서 죽지 않을 만큼 고생하는 동안 부산시장 김현옥이 서울시장으로 입경入京했다. 김현옥의 별명은 '불도저'였다. 개미마을에 전운戰雲이 감돌았다.

1963년 11월 30일 구파발에서 온 남자가 서울 반도호텔에서 패션쇼를 열었다. 눈이 부리부리하고 피부가 하얀 이 스물여덟 먹은 사내는 "스포티한 디자인보다는 '에레간트'한 선을 더 아낀다"고 했다. '웨스터나이즈 되어 있어 귀에 거슬리는' 말씨와 억양을 가진 사내 이름은 앙드레김이라고 했다. 본명은 김성진이라고 했는데, 이 또한 "스타가 되고 싶다"는 염원이 담긴 청일점青一點 디자이너 김봉남의 예명藝名임이 밝혀졌다.

패션쇼가 열리던 날은 무척 추웠다. 벌써 20일 전 오후 3시 10분 서울에 첫눈이 내렸다. 예년보다 열하루가 빠른 첫눈에다 기온도 8.3도나 낮은 영상 2.8도였다. 12분 동안 떨어진 눈에 아이들은 즐거워했지만 어른들에겐 불길한 강설降雪이었다. '철갑을 두른 듯한 낙락장송'

남산 하수도관에 사는 사람들

은 눈 씻고 봐도 찾을 수 없는 남산의 버려진 하수도관에 사는 사람들
은 특히 그랬다.

"머라꼬, 이것들이!"
1962년 11월 11일 국가재건최고회의에서 부산직할시 승격안이 부
결됐다. 12대 시장 김현옥은 야간열차로 서울로 달려왔다. 5·16에 참
가한 육군 제3항만사령관이요, 서른여섯 살 된 패기만만한 장군 앞에
서 최고회의는 쩔쩔맸다. 이듬해 부산은 직할시로 승격됐다. 앙드레김
이 화려하게 각광받던 그 해, 김현옥은 예편과 함께 13대 시장에 취임
했다.

부산은 이면 도로 하나 없고 항구는 큰 배는 붙일 수 없이 들쑥날쑥했다. 김현옥 시장은 이 전시戰時 수도를 개조했다. 팔도 피란민이 뒤엉켜 살던 판자촌을 갈아엎고 서민 주택 구역을 만들었다. 부두는 직선화하고 도로도 확장했다. 군인스러웠고 수송 병과 출신다웠다.

구자관이 강원도 원통에서 빡빡 기고 있던 1966년 제1차 경제개발 5개년 계획이 끝났다. 보릿고개가 공식적으로 사라졌다. 그 해 3월 초 대통령 박정희가 확 바뀐 부산을 찾았다. 한 달 만에 서울시장이 경질되고 불도저가 입경入京했다. 불도저가 기자회견을 가졌다.

"서울이 온통 판잣집이다. 14만5000채다. 교통도 문제다. 교통난을 광복절까지 31퍼센트 완화하도록 하겠다."

서울공화국의 국경은 서쪽으로는 독립문과 마포, 동쪽으로는 돈암동과 청량리와 왕십리까지였다. 도로는 거기에서 끝났다. 광화문에서 국경을 넘어 갈현동까지 지프로 반나절이 걸렸다. 전차電車는 시속 20킬로미터로 기어다녔다.

그 좁은 영토에 자동차가 2만대를 넘었고, 버스만 3000대에 육박했다. 농촌 사람들이 몰려든 서울에는 350만명이 살았다. 6·25전쟁 때의 두 배가 넘었다. 청계천변은 폭발 일보직전이었다. 판잣집은 헐어도 헐어도 도깨비처럼 또 생겨났다.

많은 여자가 무작정 상경해 종묘 앞 공터 사창굴에 빠져들었다. 사람들은 '종삼鐘三'이라 불렀다. 소설가 이호철이 신문에 소설을 연재했다. 제목은 「서울은 만원이다」였다. 김현옥의 눈에 불꽃이 이글거렸다.

불도저 시장 김현옥이 만든 3 · 1고가도로. 1969년 3월 22일 개통됐다.

아들 자관이 군대 간 사이 아버지는 미아리에 청소 솔 공장을 차렸다. 군에서 제대한 자관은 여전히 청소 도구를 만들며 생계를 꾸렸다. 청계천 복개 구간은 광교에서 오간수교를 건너 동쪽으로 급속하게 영토를 넓혀가고 있었다.

개천이 사라진 곳에는 도로와 점포가 생겨났다. 자관에게는 청소할 곳이 많아졌다는 뜻이었고, 불도저에게는 도로를 놓을 공간이 생겼다는 뜻이었다. 자관은 아예 청소 회사를 차리고 식당과 빌딩 청소에 뛰어들었다. 1968년이었다.

불도저는 아현동에 고가도로를 만든 뒤 관철동에 31층짜리 빌딩을 짓고 광교에서 마장동까지 고가도로를 세웠다. 3·1빌딩과 3·1고가도로였다. '3·1'은 일제 청산과 근대화를 상징했다. 고가도로는 1969년 3월 22일 개통됐다. 17개월 만에 완공된 이 도로를 불신한 미군이 이용 금지령을 내렸다는 소문이 돌았다. 개미마을의 잿빛 영토는 깨끗하게 사라졌다. 철거된 개미마을 사람들은 경기도 광주로 강제 이주 당했다.

세종로와 명동 지하도, 남대문시장 육교, 홍제동 도로 확장 공사는 4월 19일 착공해 10월 3일 개천절에 끝냈다. 육교는 짓기 쉽다고 광복절에 끝냈다. 지하도 6개, 육교 16개와 도로 5개의 건설 공사가 한날한시에 시작됐고, 거의 동시에 끝났다. 공사판이 돼버린 서울을 두고 불만이 쏟아졌다. 김현옥이 말했다.

"나는 모른다. 대통령한테 물어봐라."

아무도 묻지 않았다. 164일 만에 길이 154미터, 높이 2.66미터짜리 세종로 지하도가 완공됐다. 공약보다 사흘 이른 9월 30일이었다. 배우 김희갑과 최은희가 상량上樑을 했고 박정희 대통령이 테이프를 끊었다. 이튿날 '국군의날' 퍼레이드가 그 위를 지나갔다. 물론 이후 수없이 땜질을 해대야 했지만.

종묘에서 필동까지 개미마을이 사라진 공터에는 세운상가가 올라갔다. 공사가 한창이던 1968년 9월 26일 오후였다. 예쁘장한 아가씨가 골목에서 걸어오더니 현장 점검을 나온 김현옥을 붙들었다.

"아저씨, 놀다 가요."

다음날 공무원과 사복 경찰들이 남자란 남자는 죄다 불러 세우고 검문을 해댔다. 직업이 뭐고 주소는 어디며 왜 왔고 몇 번째냐고. 명단 발표가 열흘을 가자 종삼은 사라졌다. 창녀 853명과 포주 111명, '삐끼' 170명이 종적을 감췄다. 사람들은 "역시 불도저"라고 했다.

두 달 뒤인 11월 30일 전차가 역사 속으로 사라졌다. 고종 황제 시절인 1899년 5월 17일 처음 종을 울린 지 69년 6개월 13일 만이었다.

빌딩 변기 닦으며 살아낸 밑바닥 인생

먹고살 만해지면서 사람들은 더러운 일은 남에게 맡기기 시작했다. 아웃소싱, 1960년대 말로는 미화美化 용역이었다. 구자관은 바빠지기 시작했다. 월 6푼짜리 달러 빚을 내서 시작한 사업이었다. 이윤보다 이자가 더 많았다.

물건은 팔면 팔수록 손해였다. 몸을 쓰는 청소 일이 오히려 나았다. 만든 걸레는 아버지가 나가서 팔고, 자관은 아줌마들을 고용해 식당 변소와 빌딩 복도를 청소하고 다녔다. 자관은 일하는 곳마다 귀신처럼 찾아오는 빚쟁이들을 피해 다니면서 변기를 닦았다.

자관이 집에 돌아오면 어머니는 수제비를 밥상에 올리곤 했다. 통밀가루로 만들고 멸치 몇 마리로 육수를 낸 멀건 수제비에 건더기도 별로 없었다. 자관은 자기 수제비를 다 건져 먹고 옆에 있는 어머니 수제비도 건져 먹었다. 어머니는 국물로 배를 채웠다. 수제비가 떨어지면 어머니는 별미로 인기였던 라면을 끓였다.

"왜 또 국물을 드세요?"

"수프가 닭고기라잖니. 소고기 대신에 이거라도."

무학無學이지만 어깨너머로 글을 배운 여자였다. 한자투성이 신문을 읽을 줄 알았고, 아이들에게 편지를 쓸 줄 아는 어머니였다. 노름판에서 돌아온 남편 밥그릇에 밥 대신 화투짝을 넣어 투전판 출입을 끊게 만든 지혜로운 아내였다. 투덜대는 아들에게 건더기를 다 주고 짜디짠 국물로 속을 채우는 현명한 어머니였다. 어느 날 철없는 아들이 집에 와 보니 그 여인이 쓰러져 있었다. 고혈압에 반신불수였다.

노름을 끊고 아내를 간호하던 남편은 1970년 먼저 하늘로 갔다. 어머니는 그 해 부엌에서 아들 밥상을 차리다 넘어져 허벅지가 부러졌다. 며칠 뒤 어머니가 아들에게 말했다.

"네 공장 아이가 의자를 만들어줘서 변소만큼은 다리 억지로 구부리지 않아도 갈 수 있구나. 고맙다."

어느 비 내리던 밤, 자관은 그릇이란 그릇은 다 꺼내서 천장에서 떨어지는 빗물을 받으며 멍하게 앉아 있는 여자를 보았다. 다리도 구부리지 못하고 낙숫물 틈에서 겨우 몸을 가누고 있는 여자를 보았다. 사는 게 사는 게 아니었다. 그날 밤 이후 자관은 베개에 머리를 뉘며 기도하는 버릇이 생겼다.

"제발 해가 뜨지 않게 해주세요."

1974년 어머니가 세상을 떠났다. 아들은 그제야 알았다. '소금물만 평생 드신 분이니 뼈는 오죽 약하며 혈압은 오죽 높았을까. 우리 어머니는 내가 죽였다.' 자관은 어머니 이야기만 나오면 눈에서 홍수가 난다. 그 다음 날부터 자관은 함께 일하는 청소부 아줌마를 여사님이라 불렀다. 아저씨들은 선생님이라 불렀다. 밖에서는 천대받지만 집에 가면 모두가 거룩한 어머니고 아버지가 아닌가.

1968년 초 북한에서 김신조 부대가 내려왔다. 가을에는 울진에 무장 공비 떼가 침입했다. 이듬해 대한민국 정부의 구호가 살벌하게 바뀌었다. '싸우면서 건설하는 해.' 시장 김현옥은 서울을 요새要塞로 만들겠다고 선언했다. 북악스카이웨이 건설로 북쪽은 철통같이 막혔다. 서울 국경은 남쪽으로 확장되기 시작했다. 청소 일감도 덩달아 늘어갔다.

1974년 8월 15일 서울 남산 국립극장. 재일교포 문세광의 총탄에 대통령 영부인 육영수가 쓰러졌다.

어머니가 낙상落傷하던 그 해, 와우아파트가 무너졌다. 무한질주하던 김현옥은 시장에서 물러났다. 시장 집무실 벽에는 숱한 준공 테이프를 끊은 가위가 주렁주렁 걸려 있었다. 김현옥은 부산 기장에 있는 장안중학교 교장으로 조용히 살다가 세상을 떴다.

1974년 서울 지하철 1호선이 개통됐다. 29주년 광복절이었다. 기념식이 열리던 남산 국립극장에서 대통령 영부인 육영수가 재일교포 문세광의 총에 맞았다. 대통령 박정희는 잠시 중단된 연설을 마치고 단상에서 내려갔다. 며칠 동안 라디오에서는 조곡弔曲이 흘렀다.

구자관은 가정을 꾸렸다. 두 살 어린 박덕희와 결혼해 아들 본훈이와 딸 본아를 낳았다. 미아리 집이 헐리고 가족은 변경을 떠돌았다. 집세를 감당 못하는 가장家長을 보고 복덕방 영감님들은 며칠이라도 살라며 빈집을 소개해줬다. 메아리가 울리는 대저택에서 판잣집 단칸방까지 1년에 일곱 번 이사를 했다.

아들 본훈이는 미아리 너머 누나 집에 맡겼고, 젖먹이 본아는 이모네에 맡겼다. 1979년 10월 27일 아침, 또 한 번 오래도록 조곡이 울려퍼졌다. 세상이 뒤집혔다. 12월 12일과 이듬해 5월 17일 연이은 충격에 세상은 입을 다물지 못했다.

자관의 밑바닥 인생은 달라진 게 없었다. 그때 많은 청소 업체는 미군부대에서 업자들이 빼돌린 군용軍用 왁스를 사서 청소했다. 세관이 군수품을 빼돌린 업자들을 족쳤다. 자관은 장물아비로 몰려 서부역 옆에 있는 서울세관으로 끌려갔다. 사흘을 온몸이 시커메지도록 두드려 맞고 벌금 40만원을 내고 풀려났다. 자관은 이를 갈았다.

"다 덤벼라. 하나도 안 무섭다."

자관은 왁스 공장을 차리고 바닥 청소용 왁스를 만들기 시작했다. 1982년 6월 장마가 시작됐다. 자관은 왁스 재료를 끓이고 솔벤트를 부었다. 궂은 날이라 솔벤트 가스가 바닥으로 가라앉았다. 연탄아궁이에 닿은 가스가 폭발했다. 눈을 떠 보니 명동에 있는 백병원 12층 병실이었다.

손가락과 팔은 달라붙고 온몸이 녹아 있었다. 사흘에 한 번씩 간호사는 자관을 목욕탕에 데려가 수세미로 상처를 박박 밀어 벗겨냈다. 너무 아파서 죽고 싶었다. 의사한테 물었다.

"퇴원하면 손가락이 펴지기는 하나요?"

"지켜봐야죠."

'병신이 된다….' 아내가 자리를 비운 사이에 자관은 침대에서 일어나 창문으로 갔다. 침대 아래 물통들이 요란하게 굴렀다. 의사들은 아내 덕희에게 "왜 환자를 팽개치고 나갔느냐"고 화를 냈다.

한 달 뒤 자관은 너덜너덜해진 육신을 끌고 퇴원했다. 공장은 불타고 빚쟁이들이 휩쓸고 간 사무실은 다 뒤집혀 있었다. 장부를 보니 빚만 8000만원이 남아 있었다. 거지였다.

"수남아, 보험 좀 들자. 실적 올려줄게."

보험소장을 하고 있던 고등학교 동창 이수남은 신이 나서 첫회 차_次를 자기 돈으로 내줬다. 사망 보험금은 1억2500만원. 자관은 치밀했다.

'빚이 8000만원, 옷 행상 하는 마누라가 평화시장에 가게를 얻는 데

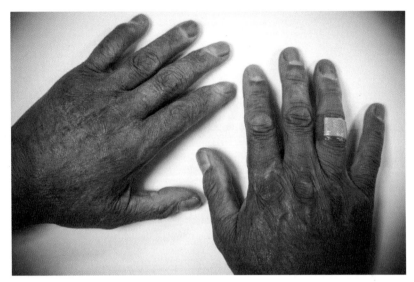

구자관의 손

2000만원, 서른 평짜리 아파트가 2500만원. 1억2500만원이면 먹고
는 살겠다.' 자관은 유서를 썼다.

"이 구덩이에서 꺼내주십시오. 푸른 초원 위를 달리지는 못해도 걷
게라도 해주십시오. 제발 숨을 좀 쉬게 해 주십시오."

자관은 빨간 포니 픽업을 몰고 장충동으로 갔다. 족발집에서 낮술을
퍼마시고 잠수교로 달려가 교각을 들이받았다. 차는 박살이 났고 자관
은 피투성이가 된 채 바닥으로 튕겨져나갔다.

또 죽지 못한 것이다. 자살이 발각되면 보험금이 없다기에 투신하지
도 못했다. 미생未生? 산 것도 아니었고 죽은 것도 아니었다. 초라한 가
장은 차를 폐기하고 다시 청소를 시작했다.

1980년대 초 새로 권력을 잡은 정권은 초대형 행사를 많이 벌였다. 프로 스포츠가 시작됐고 '국풍國風 81'을 시작으로 많은 이벤트가 열렸다. 1983년 KBS가 주관한 우주과학 전람회가 열렸다. 자관은 변소보다는 낫겠다 생각하고 전람회 청소 용역에 입찰했다. 신기하게도 용역을 따냈다. 첫날 밤 여사님, 선생님들과 함께 쓰레기를 모아놓으니 고물업자가 와서 이렇게 말했다.

"알루미늄 캔을 모아주면 한 개당 10원씩 쳐주겠다."

훗날 자관이 기적이라 부른 사건이 시작됐다. 유리병 대신에 알루미늄 캔이 막 나온 때였다. 콜라도 사이다도 맥주도 모두 알루미늄 캔에 담겨 나왔고, 박람회 구경꾼들 손에는 누구나 캔 음료가 들려 있었다. 마대 자루에 캔을 모아놓으면 고물업자가 현금을 주고 사갔다.

청소는 적자였다. 깡통 팔아 번 돈은 그 몇 십 배였다. 박람회는 두 달 동안 수십만 명이 구경했다. 천변을 헤매던 무학 소년에게 40년 만에 코미디 같은 기적이 벌어졌다.

KBS는 이후 구자관에게 용역을 계속 맡겼고 대학교와 기업들이 줄을 섰다. 직원 2명으로 시작했던 용역 회사는 자관에게 화상火傷을 남기고 직원 2만 명에 매출 7000억 원이 넘는 회사가 되었다. 여사님을 모시고 선생님을 모시며 이를 악물고 남의 집 청소를 하는 회사 이름은 삼구아이앤씨다.

2015년. 친척 집을 전전했던 아이들은 시집 장가 다 보냈다. 옷가지 행상을 하던 아내는 사모님이 되었다. 자관은 못 배운 게 서러워 예순

넘어 석사까지 땄다. 오십 넘어 스키도 배웠다. 젊은이들처럼 가죽점퍼에 쇠사슬 감고 오토바이도 몰아봤다.

다 이루었는데 가끔 눈물이 난다. 젊은 날 그때는 왜 몰랐을까. 어머니의 타는 가슴속을 왜 몰랐을까. 천변에서 고달픈 청년기를 살아낸 일흔한 살 먹은 이 한국인은 지금도 궁금하다.

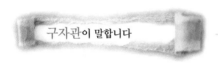

구자관이 말합니다

"나는 어떡하다가 가난하게 살았습니다. 그때는 다 마찬가지였겠지요? 사람들이 젊은 시절로 돌아간다면 '뭘 하겠다' '좋겠다'고 하는데 나는 절대로 돌아가고 싶지 않습니다. 악몽이었으니까요. 늘 한탄만 하던 저에게 초창기 우리 회사 직원 한 분이 가르침을 줬습니다. '뜨는 해는 잡을 수 있어도 지는 해는 잡지 못한다'고요. 그게 오늘 이 나라를 만든 힘이라고 생각해요.

해가 지기 전에 성실하게, 열심히, 부지런히 살았기에 우리 모두가 악몽에서 깨어나 여기까지 왔다고 생각합니다. 걸레 공장 주임한테 욕먹기 싫어서 학교를 그만뒀다면 지금의 저도 없었겠고요. 사는 데 급급하다 보니 변변한 사진도 없습니다. 그 힘든 때를 정확하게 기억하지 못하는 게 아쉽긴 합니다. 세상 뜨신 아버지와 돌아간 큰형님을 원망하지 않습니다. 존경합니다."

스스로 '삼류'라 자학하며 청계천변을 하릴없이 맴돌던 소년은 지금 연 매출 7000억 원이 넘는 청소용역회사 삼구아이앤씨의 대표 구자관이다. 두 번 자살 미수를 겪고 악몽의 터널을 살아낸 끝에 이룬 꿈이다. 구자관은 2004년 용인대 경찰행정학과 04학번으로 입학해 학점 3.56으로 졸업했다. 예순네 살이었다. 2011년에는 서강대 대학원 경제학과 석사 학위를 땄다. 예순일곱이었다.

대한국인大韓國人,
우리들의 이야기

02

늙은 광부(鑛夫)
한창석의 꿈

02 늙은 광부(鑛夫)
한창석의 꿈

1974년 4월 어느 날 서른 살 먹은 한창석은 삼척행 완행열차에 올랐다. 창석은 전남 구례군 문척면 사람이다. 구례구역에서 조치원, 조치원에서 제천, 제천에서 태백, 이렇게 꼬박 하루 걸려 삼척 문곡역에 도착했다. 탄炭을 가득 실은 대형 트럭들이 오갔다.

아스팔트 도로에 발을 내딛는 순간 구둣발이 도로 속으로 발목까지 처박혔다. 아스팔트가 아니라 탄가루가 늪처럼 쌓인 황톳길이었다. "여자 없이는 살아도 장화 없이는 못 산다"던 '막장 도시' 삼척이 그렇게 구례 촌놈을 맞았다. 삼척 장성과 황지는 훗날 삼척에서 분리돼 태백시가 되었다. 인구 12만 명이 넘는 대도시였다.

막장 속 산업전사

"내가 왜정 때 탄광 끌려가 봐서 잘 알아. 광부는 절대 허락 못 하네."

석 달 전 창석은 광양 처녀 옥례와 결혼했다. 장인은 탄광에 가겠다는 사위를 극구 말렸다. 칠순에 접어든 부모님도 결사반대였다. 나이 마흔 다 돼서 얻은 외동아들이 막장에 간다니.

초등학교를 2학년 때 관두고 열다섯 살에 서울에 가서 공사판을 전전한 청년이 돈 벌 곳은 막장밖에 없었다. 창석은 "구경이나 하고 오겠다"며 열차를 탔다. 일곱 살 아래 각시는 집에 남겨졌다.

1961년 5·16 군사쿠데타 이후 정부는 수출 주도형 개발 정책을 펼

1980년대 태백 탄광촌

쳤다. 석탄 생산은 국부國富 창출 동력이었다. 헐벗은 대한민국에 연료는 무연탄이 유일했다. 민둥산에는 산림녹화 계획이 세워져 땔감도 베지 못했다. 발전소는 석탄을 썼고 공장도 석탄을 썼고 가정집도 연탄을 썼다.

1970년 겨울은 유난히 따뜻했다. 연탄을 때지 않아도 될 정도의 이상 난동暖冬은 3년을 갔다. 게다가 정부는 석유를 대체 연료로 적극 권장했다. 석탄 산업의 위기였다. 1973년 12월 중동 산유국들이 원유 가격을 일제히 인상했다. 한국 유가도 12월 4일 자정에 전격적으로 30퍼센트 인상됐다. 똥값이 됐던 석탄이 다시 금값으로 올랐다. 정부에서는 다시 석탄을 주력 에너지원으로 격상했다.

한창석이 그 이듬해 태백행 열차를 탔다. 두 달 뒤 따라온 각시는 시커먼 흙길을 보며 몸서리를 쳤다. 신랑이 말했다.

"어차피 1년이다. 죽으라고 돈 벌어서 서울 가서 잘 살자."

창석이 취직한 동해탄광 사택촌은 상장동에 있었다. 신혼집이던 상장동 구멍가게의 셋방 주인 할아버지는 "기왕이면 집을 사라"고 권했다. 창석은 "곧 떠날 사람"이라며 거절했다. 1년은 2년이 되고 10년이 되더니 40년이 흘렀다. 딸 하나와 아들 셋이 태어났다. 일흔한 살이 된 창석은 지금 40년 전 셋방에서 100미터 떨어진 경로당 앞에 살고 있다. 늙은 광부 한창석은 지금 태백 사람이다.

물질적으로는 행복했다. 월급이 공무원 세 배였으니까. 인감증만 있으면 모든 게 외상이 가능했다. 인감증은 증명사진과 인감도장이 찍힌 재직증명서다. 쌀과 연탄은 공짜로 나왔다.

근무를 마친 광부들

창석은 굴진반掘進班에서 일했다. 선두에서 갱도坑道를 뚫고 전진하는
게 굴진이다. 막장에 구멍을 뚫고 다이너마이트를 집어넣고선 1미터
50센티미터짜리 도화선을 꽂았다. 점화는 담뱃불로 했다. 안전거리인
80미터 후방까지 잰걸음으로 1분 20초가 걸렸다. 창석은 그래서 막장
에서 담배를 배웠다.

발파發破가 이뤄지고 먼지가 가라앉으면 채탄반採炭班 사람들이 갱목坑
木을 등에 지고 들어갔다. 갱목은 동발이라 불렀다. 하나에 쌀 반 가마
무게의 동발을 어깨에 메고 좁은 굴을 네 발로 걸어갔다. 동발을 위와
양옆에 세우면 옆으로 지굴枝窟을 뚫고 탄을 캤다. '노보리'(오르막이라
는 뜻의 일본어)라고 부르던 지굴은 어깨가 겨우 들어갈 정도로 좁았다.
채탄반은 노보리로 기어들어가 갱을 넓힌 뒤 다시 동발을 세우고 곡괭

이와 삽으로 탄을 캤다.

광부들은 3교대로 일했다. 아침에 출근하는 갑甲방, 점심반인 을乙방, 밤에 들어가는 병丙방. 병방은 자정에 들어가 아침 8시에 나왔다. 여자들은 도시락과 마른 수건과 옷 한 벌을 싸줬다. 여자들은 출근하는 남편들 앞으로 길을 건너지 않았고, 출근 후에는 부인들은 남편 신발을 안쪽으로 향하게 돌려놓았다. 안 그러면 돌아오지 못한다고 생각했다.

밥 때가 되면 광부들은 쥐들과 밥을 나눠 먹었다. 쥐들은 친구였다. 쥐가 있으면 거기는 메탄가스 없이 공기가 맑고 위험이 없다는 뜻이었다. 탄가루 묻은 계란말이와 김치에 맨밥이지만 광부들은 밥풀 하나 남기지 않고 싹싹 비웠다.

작업복 속에서 수건을 꺼내 짜면 물수건처럼 땀이 쏟아졌다. 장화를 벗어도 마찬가지였다. 갱도를 나올 때는 마른 옷으로 갈아입었다. 병방 사람들은 이른 아침 퇴근하면 막걸리 한 사발과 삼겹살로 폐 속 탄가루를 씻어 내렸다. 창석은 술도 막장에서 배웠다.

창석은 그날을 기억한다. 멀리서 굉음이 들리더니 갱도가 무너졌다. 발파 작업이 진행 중이던 옆 갱도와 너무 가까웠다. 촘촘히 박아뒀던 동발들이 머리 위로 쏟아져 내렸다. 안전등이 꺼지고 어둠 속에서 창석은 피투성이가 된 이마를 누르며 무작정 후퇴했다. 왼쪽 이마에 꿰맨 흉터는 지금도 남아 있다. 탄맥炭脈에 스며든 물길이 터져 오징어처럼 납작하게 실려 나온 동료들의 시신屍身도 여러 번 보았다.

"죽은 혼을 내보내기 전에는 작업하지 않는다."

사고가 나면 광부들이 갱도로 들어갔다. 막장에서 서로를 구조할 수

1974년 6월 7일 갱도로 들어가는 장성광업소 광부들

있는 사람은 동료밖에 없었다. 남편이 죽으면 부인은 탄을 골라내는 선탄부選炭婦로 채용됐다. 여자들은 울어대는 아이들을 뉘어놓고 귀를 막으며 일터로 갔다. 가슴이 찢어졌다.

세상은 멈출 줄을 몰랐다. 석탄은 공급이 수요를 대지 못했다. 공장마다 석탄을 달라고 아우성쳤고, 가정집에서는 연탄불이 빨리 꺼진다며 불평했다. 온돌방에도, 공장 굴뚝과 발전소 터빈에도 광부들의 한숨이 타들어갔다. 창석은 1년 365일 일했다. 어느 해부터 큰 달은 하루 쉬었고, 또 어느 해부터 한 달에 두 번 쉬게 되었다.

쉬는 날이 오면 태백시를 관통하는 황지천변은 광부 가족들로 붐볐다. 여자들은 작업복을 빨았다. 안 그래도 탄가루투성이인 개울물이 시커멓게 변했다. 남자들은 납작한 돌 위에 삼겹살을 굽고 막걸리를 마셨다. 돼지고기와 막걸리는 몸속 탄가루를 씻으려는 절박한 의식이었다. 속도 모르는 외지인들은 광부들이 대낮부터 취해 있다고 욕을 해댔다.

가끔 사람들은 슬레이트 지붕을 잘라서 돌 대신 썼다. 그러면 굽는 속도가 빨랐다. 사람들은 시멘트와 석면 증기에 명줄이 짧아지는 줄도 모르고 슬레이트 위에 삼겹살을 얹었다. 태백에 들어온 지 10년이 되던 해, 창석은 진폐의증塵肺疑症을 선고받았다. 진폐증은 폐에 탄가루가 쌓여 조직이 굳는 병이다. 의증은 진폐증 진단의 전 단계다.

"다들 탄가루 몸에 박고 사는데, 나라고?"

마누라는 남편 죽는다고 울었지만 창석은 담담했다. 오히려 진폐증 진단으로 광산에서 쫓겨날까 두려웠다. 똑같은 이유로 정기 검진을 거부했던 많은 사람은 훗날 돌이킬 수 없는 중증을 앓다가 죽었다. 창석은 지금 진폐증 7급 환자다. 조금만 움직여도 숨이 가쁘고 한없이 목이 마르다. 치유 가능성은 제로다.

월급날이 되면 여자들은 일 나간 남편들 대신 탄광 사무소 앞에 줄을 섰다. 현금, 현금이 가득 든 돈 봉투가 몇 천 개씩 분배됐다. 신이 난 동네 개들이 월월 하고 짖어대면 "만복이들도 지폐를 물고 다닌다"고 다들 웃었다. 사람들은 개를 '만복萬福이'라고 불렀다.

혼자 온 남정네들은 술집으로, 유곽으로 몰려갔다. 낙동강 발원지 황지黃池 옆에 있던 요정 대구관은 여자가 100명이 넘었다. 월급날이 되면 마담이 입버릇처럼 말했다.

"얼굴 하얀 사람은 받지 마라. 젊은 광부만큼 돈 잘 쓰는 사람 못 봤다."

하지만 대개 단골집은 싸구려 선술집이었다. 광부들은 김치에 부침개, 삶은 돼지고기와 막걸리로 일체 세상 고민을 작파해버리고 거나하게 취해 집으로 돌아가곤 했다. 창석은 10·26도 단골 부산집에서 알게 되었고, 5·18도 부산집에서 라디오로 들었다.

"탄광이 영원할 줄 알았다."

1978년 12월 2차 석유 파동이 터졌다. 배럴당 10달러 선이던 원유가 40달러까지 치솟았다. 대한민국에서 석탄은 다시 한 번 주된 에너지원으로 신분이 바뀌었다. 석탄 증산은 애국이었다. 창석은 한국 경제의 기반을 닦는 산업 전사였고, 돈 벌어다주는 가장이었으며, 아이들을 학교에 보내는 교육열 충만한 아버지였다. 물려받은 가난은 자기와 아내 옥례에게서 끝내려는 확고한 의지를 가진 사내였다.

그 무렵 월부 장사들이 탄광촌을 찾았다. 장사치들은 인감도장만 있으면 할부로 문화를 즐길 수 있다고 유혹했다. 도시 사람처럼 살 수 있다는 유혹이 하도 커서 제 아무리 지독한 자린고비라도 인감도장을 꺼내지 않을 수 없었다.

탄광촌 집들은 좁은 골목을 경계로 많게는 열 집, 스무 집이 벽 하나를 두고 붙어 있었다. 탄가루가 날릴 통로를 최소화한 구조다. 벽은 얇아서 1호 집에서 레코드판 트는 소리가 10호 집까지 다 들렸다. 1호 집에서 텔레비전 소리가 들리면 얼마 안가 열 집 모두 텔레비전을 샀다.

어느새 창석의 집에도 전축이 들어왔고 안테나가 솟았다. 아이들은 『세계문학전집』을 읽었다. 여자들은 금반지 계契를 만들고, 금딱지에 다이아며 진주를 몸에 감았다.

과소비? 아니다. 이유는 따로 있었다.

일만 하다 죽기는 싫었던 것이다. 못 배우고 가난해서 막장으로 왔는데 막장에서까지 문화에서 소외돼 살다 죽기는 싫었던 것이다. 산업 전사라는 이름으로 막장과 전투만 벌이다 죽기는 싫었던 것이다.

광부들은 "이 궁벽한 탄광촌까지 와 주셔서 고맙다"며 장사치들에게 인사하고 물건을 받아갔다. 한 번도 내일을 꿈꿔보지 못한 광부들의 통장은 폐광된 갱도처럼 비어갔다.

세상은 또 바뀌고 있었다. 석유 가격이 안정되자 나라에서는 석탄 대신 석유를 산업 동력으로 선택했다. 탄광에 내려주는 지원금도 줄어갔다. 가정집은 연탄아궁이를 버리고 기름보일러, 가스보일러를 찾았다. 산업 전사들의 삶은 신산해져갔다.

1980년 4월 22일 허망한 꿈과 절박한 현실이 정선 사북탄광에서 충돌했다. 작업 환경에 비해 터무니없는 저임금에 광부들이 나흘 동안 격한 시위를 벌였다.

산 너머에서 들려오는 시위 소식에 마음이 편치 않았지만 창석은 묵묵히 막장으로 들어갔다. '누가 뭐래도 나는 내 일을 한다.' 나라가 산업 역군이라고 치켜세울 때도, 동발에 깔려 황천 입구까지 갔을 때도 창석은 아버지였고 남편이었다.

1986년 영월화력발전소에 석탄을 공급하던 영월 마차리 광산이 무기

한 휴광에 들어갔다. 대한민국 에너지원은 석탄에서 석유로 급격하게 바뀌었다. 탄맥도 바닥이 나서 문 닫은 갱도를 다시 열어봐도 탄은 나오지 않았다. 88서울올림픽이 화려하게 끝났다. 대한민국은 더 이상 전흔戰痕에 신음하는 후진국이 아니었다.

올림픽 폐막 후 두 달이 지난 12월 21일, 정부가 석탄 산업 합리화 계획을 발표했다. 경제적 가치가 없는 탄광은 정리한

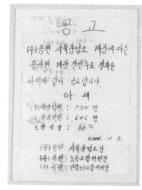

300군데가 넘던 탄광은 2016년 현재 5개소뿐이다. 모두 문을 닫았다.

다는 계획이다. 석탄 산업의 사망선고였고, 산업 전사의 부음이었으며, 속칭 '노가다'가 양산된다는 예언이었다.

실행은 전격적이었다. 대한민국 탄광 347개 가운데 1989년 한 해에만 125개가 문을 닫았다. 1999년까지 모두 336개가 폐쇄됐다. 2429만5000톤에 달했던 무연탄 생산량은 419만7000톤으로 줄었다. 6만 명 넘던 광부 가운데 1989년 한 해에만 3만5000명이 일자리를 잃었다.

석탄이 영원할 줄 알았던 광부들은 그제서야 세상이 바뀐 사실을 깨달았다. 한창석도 그중 하나였다. 창석은 1992년 동해탄광 폐광으로 실직자가 되었다.

창석은 서울지하철 공사장을 옮겨 다녔다. 경기도 안산 건물 공사장에서도 일했고, 태백으로 돌아와 '쫄딱구뎅이'라고 부르는 코딱지만 한 개인 광산에서도 잠시 일했다. 그가 몸이 아파서 더 이상 일을 나갈 수

없게 되자 아내 옥례가 대신 일을 했다. 산업을 일으키고 대한민국을 세웠다는 찬사는 온데간데없었다. 지금이야 관광 도시로 변신 중이지만 태백은 한동안 인적 드문 유령 도시였다.

늙은 광부는 끝내 상장동을 벗어나지 못했다. 대한민국은 여기까지 왔는데, 40년 막장 인생 끝에 남은 건 방 두 칸짜리 집 한 채와 탄가루 가득한 폐 두 개다. 명절 때면 시집 장가가서 대처에 사는 아이들이 찾아와 위로가 된다. 부부는 가끔 서로에게 푸념을 한다.

"어이, 산업 전사님. 당신도 탄광이 영원할 줄 알았지? 이럴 줄 알았으면 그렇게 돈을 쓰지 않는 건데, 그지?"

2015년 현재 대한민국에 남은 무연탄 광산은 5개다. 막장에서 탄을 캐고 있는 광부는 모두 3427명이다.

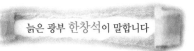

늙은 광부 한창석이 말합니다

"우리는 목숨을 함께 한 동료였습니다. 서로를 위하지 않으면 함께 죽는 사람들이었으니까요. 화도 함부로 내지 않았고 밥도 나눠 먹고 공기도 나눠 마셨습니다. '죽은 혼을 내보내기 전에는 작업하지 않는다'고 했습니다. 죽음과 함께 싸운 사람들이었어요. 그게 막장, 막장하며 천대했던 바로 그 막장에서 벌어진 일들입니다.

그렇게 30~40년 같이 살다 보니 하나 같이 진폐증을 앓고 있고, 어떤 친구는 벌써 저 세상으로 갔습니다. 산업전사였는지는 잘 모르겠습니다. 아버지이긴 했던 것 같습니다. 막장에서 아이들 넷 다 학교 보내고 시집, 장가 다 보냈으니까요.

아쉽기는 합니다. 신혼 때 살림 차렸던 셋방이 길 건너편인데, 40년이 지나도 나는 마누라랑 여기 살고 있답니다. 꿈이라… 딸기농사를 하고 싶은데 늙어버려서…. 배운 게 없어서…."

대한국인大韓國人,
우리들의 이야기

03

경부
고속도로와
심완식

03 경부고속도로와 심완식

젊은 대위, 울다

빳빳하게 각을 세운 군복을 입고서 심완식은 울어버렸다. 체구는 다부지고 하관이 억센 전형적 무사武士였지만 대통령 뒤에 서 있던 건설부 장관 이한림이 "이 자가 바로 당재터널의 심완식"이라고 치켜세우는 데에는 참을 도리가 없었다. "임자가 심완식이야?" 하며 악수를 청하는 대통령 박정희 앞에서 서른두 살 먹은 육군 대위는 억센 턱을 꽉다물며 꺼이꺼이 울었다. 1970년 7월 7일 대구공설운동장에서 열린 경부고속도로 준공식에서 벌어진 일이었다.

1964년 12월 6일 대한민국 대통령 박정희가 비행기에 올랐다. 대통령 전용기도 없는 가난한 나라인지라 비행기는 서독 정부가 내준 루프트한자 649호였다. 이륙 전 그가 말했다.

"종전終戰 후 폐허 위에서 위대한 경제 건설과 번영을 이룩한 독일연방공화국의 부흥상을 샅샅이 시찰할 것이다."

독일 도착 다음 날 박정희는 본에서 쾰른까지 아우토반으로 왕복했다. 왕복 40킬로미터였다. 주행 시속은 160킬로미터. 박정희는 갈 때 한번, 올 때 한번 차를 세우고 노면과 중앙분리대, 교차 시설과 도로 형태를 관찰했다. 귀국 후 대통령은 직접 도로 그림도 그리고 지프차를 타고 암행도 다니며 귀신에 씐 듯 고속도로에 몰입했다. 서독 방문 만 3년 2개월이 지난 1968년 2월 1일 서울 양재동에서 경부고속도로 기

1970년 7월 7일 대구공설운동장에서 열린 경부고속도로 준공식. 대위 심완식은 대통령 박정희 앞에서 크게 울었다.

1970년 7월 7일 경부고속도로가 개통됐다. 서울–부산 국도도 제대로 포장이 안 된 그때, 우리 힘으로 '세계에서 가장 빨리, 가장 싸게' 건설한 고속도로였다. 사진은 개통 즈음 항공촬영한 고속도로 모습이다.

공식이 열렸다.

기공식을 열하루 남긴 1월 21일 북한 김신조 부대가 청와대를 향해 쳐들어왔다. 23일에는 푸에블로호가 납치됐다. 박정희는 "싸우면서 건설하자"고 했다. 반대가 심했다. 그 돈이면 공장을 열 개 짓는 게 낫다고도 했다. 야당은 "국토 균형 개발을 위해 동서 간 고속도로를 뚫자"

고 했다. 귀신에 씐 박정희는 밀어붙였다. 귀신 이름은 '조국 근대화'라고도 했고 '선진 조국'이라고도 했다.

기공식 두 달 뒤 와우아파트가 무너졌다. 1년 뒤 임시국회에서 야당은 "경부고속도로가 올라간 건물이었더라면 역시 폭삭 무너지고 말았을 것"이라고 비아냥댔다. 박정희는 "천당 가는 고속도로가 있다면 몰라도 서 있는 고속도로가 세상에 어디 있나. 말을 만들어가지고 억지를 쓴다"고 일축했다. 박정희는 5.16을 반대해 예편시켰던 친구 이한림까지 건설부장관으로 불렀다.

건설 목표는 서로 모순적이었다. '싸고' '튼튼하고' '빠르게'. 하나를 만족시키면 나머지가 문제였다. 목표끼리 부딪치면 대개 '빠르게'를 우선했다. 심완식은 그 모순된 목표를 맞춰야 할 경부고속도로 구간별 감독관 가운데 한 명이었다.

1965년 수도기계화보병사단 공병대 소속 중위 심완식은 맹호부대 1진으로 월남으로 파병됐다. 1년 반 뒤 귀국해 육군본부 공병감실에 배치된 심완식에게 청와대에 있는 예비역 소장 허필은이 찾아왔다. 1967년 11월이었다.

"육사 출신 위관급 중에서 미혼인 사람 열 명쯤 적어 보게."

허필은은 대통령 극비 임무를 수행 중이었고, 심완식을 찾은 이유는 그 임무를 수행할 실무진을 선정하기 위해서였다. 선정 기준은 하나였다. '육사 출신 양심적인 미혼장교 10명.'

심완식은 이유도 모르고 맹호부대 선후배 이름을 적어 내려갔다. 대위 김인수, 중위 황홍석, 이선휘, 이정웅…. "당신 이름은 왜 빼느냐"는

경부고속도로 당재터널 공사 초기 모습.

말에 심완식은 자기 이름도 적어 넣었다. 명단에 오른 청년들은 석 달 뒤 고속도로 구간 감독관으로 투입됐다. 공사가 시작되고 얼마 뒤 "육사 애들이 앞뒤 안 재고 결사적으로 일을 해서 중간 제동을 걸 사람이 필요해서" 건설부에서 뽑힌 젊은 공무원들이 추가됐다.

"감독도 미친놈이고, 업자도 미친놈이고, 노무자도 미친놈"인 도로 공사가 개시됐다. 예산은 일본이 같은 길이의 고속도로를 건설한 비용 (1600억 원)의 4분의 1, 기술은 태국 고속도로를 만들어본 시공사 현대 건설, 장비는 공병대 중장비가 전부였다. 엄동설한 2월이었다.

수원 구간에 투입된 공병 대위 노부웅은 "앞에 있는 장애물들은 우리의 적敵"이라고 선언했다. 적에게는 불도저가 필요 없었다. 대신 다

이너마이트로 논둑을 폭파하고 불도저들이 얼음장 들어 올리듯 길을 만들어갔다.

시공사인 현대건설은 전동 롤러 한 대를 수입해 분해한 뒤 역설계逆設計로 열두 대를 만들어 경운기 엔진을 붙여서 노면을 다듬었다. 포장이 마르지 않자 심야에 볏짚을 태워 말리기도 했다.

베니어합판으로 만든 현장사무소에는 수시로 대통령이 들락거렸다. 시공사에서는 설계도 보내주지 않는다고 난리였다. 설계사가 그날그날 도면을 보내면 감독관은 또 제대로 시공 안한다고 난리였다. 싹이 튼 보리밭을 밀어버리면 "천벌을 받을 놈들, 먹을 걸 갈아엎는다"고 농부들이 들고일어났다. 하루하루가 전쟁터 같았다.

괴담도 속출했다. 수원 구간에서 노부웅은 마을 신령목을 베어낼 때 반대하는 노인들을 설득한 뒤 길다란 선형 폭약 네 줄을 나무에 감았다. 순식간에 거룩한 나무 한 그루가 거덜났다. 며칠 뒤 동료 중대장 전상수가 불도저 캐터필러에 깔려 크게 다쳤다. 김천에서는 불도저 기사가 산신령을 만났는데 "다른 산으로 이사할 때까지만 기다리라"는 말을 무시하고 언덕을 밀었더니 능구렁이 토막이 나왔다고 했다. 기사가 실성했다는 말이 돌았다.

또 다른 감독관 중위 황흥석은 아스팔트가 거울처럼 매끈하지 않으면 불도저 앞에 드러눕곤 했다. 죽으라고 일하던 미친 시공사 사장 정주영은 대통령에게 "감독관들 때문에 못 해먹겠다"고 불평했다. 미친 근로자들은 "또 까불면 세멘(시멘트) 반죽으로 묻어버린다"며 황흥석을 물구덩이에 밀어 넣었다. 미친 감독관 황흥석은 빳빳하게 서서

"대한민국 만세!"라고 외쳤다. 다들 미치지 않으면 진짜 돌아버릴 것 같이 일했다.

그 해 12월 21일, 경수고속도로 31.3킬로미터가 완공됐다. 같은 날 경인고속도로도 개통됐다. 양재 톨게이트에서 분홍색 한복을 입은 부인 육영수와 대통령 박정희가 샴페인을 도로 위에 산주散酒했다. 공군기 2대가 연막을 뿜으며 날아갔다. 통행료 150원 내는 걸 잊어버렸던 대통령 부인 육영수는 며칠 뒤 8500원짜리 작업 잠바 24벌로 통행료를 갚았다.

경부고속도로 개통 당시 통행권.
서울—신갈 구간이 150원이었다.

이듬해 9월 경남 지역에 홍수가 났다. 14일부터 16일까지 양산에는 강우량 627밀리미터의 폭우가 쏟아졌다. 13일 밤 심야 순찰을 하던 언양 공구 감독관 황흥석은 바위틈에서 고양이 눈처럼 빛나는 물체 6개를 목격했다. 사람 눈이었다. 불어난 물에 근로자들이 쉬던 막사가 떠내려간 것이다. 결국 두 명은 찾지 못했다. 그 홍수로 전 구간에 걸쳐 근로자 11명이 실종됐다. 홍수와 교량 붕괴, 터널 붕괴, 과로가 원인이 되어 숨진 사람은 공식적으로 모두 77명이나 됐다. 그 가운데 열한 명이 당재터널에서 순직했다. 당재터널 감독관은 심완식이었다.

1969년 여름, 경부고속도로 7개 공구 가운데 6개가 마무리를 향해 달려가고 있었다. 각 구간은 서울과 부산에서 출발해 대전을 향해 속속 공사를 완료하고 있었다. 남은 곳은 두 군데, 왜관 구간 낙동대교와 대전 구간 당재터널밖에 없었다.

낙동대교는 길이가 800미터로 전 구간에서 가장 길었다. 범람하는 낙동강에 교각을 떠내려 보내기도 여러 번이었다. 겨울에는 통나무에 각목에 천막 쪼가리, 가마니, 볏짚, 철사, 보일러 굴뚝, 고무호스도 태웠고, 오일 버너와 연탄난로까지 동원해 콘크리트를 양생한 끝에 개통식을 두 달 남긴 1970년 5월 30일 완공했다. 홍수에 도로가 쑥대밭이 되자 현장소장 박준규는 자살 충동에 미친 듯이 차를 몰고 달리기도 했다. 그리고 당재터널이 남았다. 길이 500미터 남짓한 이 터널만 뚫리면 경부고속도로가 연결되는 것이었다. 전국에 퍼져 있던 감독관들이 당재터널로 집결했다.

미친 사람들의 미친 공사

처음부터 당재터널은 인간을 거부했다. 추풍령 고개를 넘어 금강을 건너야 나오는 당재고개는 측량 때도 소달구지로 장비를 날라야 했다. 나중에 시찰을 나온 서울 사람들은 지프를 타고 올라갔다가 멀미에 시달려 걸어서 내려갔다. 긴 터널을 뚫을 장비도 기술도 돈도 없던 때라 당재터널은 산이 아니라 두 산 사이 골짜기에 최단거리로 뚫기로 설계됐다. 바닥도 옆구리도 천장도 흙이요 잡석이었다.

1968년 9월 1일 첫 삽을 뜬 지 16일 만에 터널이 무너졌다. 입구에서 20미터 들어간 곳이었다. 근로자 3명이 흙더미에 깔려 순직했다.

당재터널 공사현장의 심완식(왼쪽 완장 찬 사람)과 정주영(오른쪽에서 두 번째). 뒷모습은 건설부장관 이한림.

심완식은 전국을 수배해 유족들을 찾았다. 할머니 한 사람이 젊은 사내 시신을 부여잡고 통곡했다. 어머니가 분명했다. 서류를 보지도 않고 심완식은 절차를 밟아 슬픈 여인에게 아들을 보냈다.

낙반 사고는 13차례나 이어졌다. 모두 11명이 사망했다. 상하행선 합쳐서 1.1킬로미터밖에 되지 않는 짧은 구간이었지만 공사는 해를 넘겼다. 터널 입구에 있던 느티나무를 벤 조재삼 감독관이 사흘 뒤 교통 사고를 당했다. 다시 괴담이 돌았다.

겨울이 가고 봄이 왔다. 공사에 들어간 지 다섯 달이 넘었다. 터널은 절반도 뚫지 못했다. 낙동대교 완공이 임박했다는 소식이 들렸다. 시공사인 현대건설이 이를 악물었다. 24시간 공사 체제로 돌입했다. 터널

당재터널 공사 장면.

속에는 중기重機가 뿜어내는 열기와 소음, 지열, 매연, 화약 냄새가 진동했다. 기사들은 바지에 오줌을 누며 장비를 몰았다.

고속도로 개통 두 달 전 하행선이 관통됐다. 사람들은 먼지 속에서 소주로 축배를 들었다. 현대건설 현장 인원들이 목욕탕에 갔더니 옷을 벗어도 몸뚱이 색이 작업복 색깔이었다. 불어터진 발가락은 달라붙어서 악취가 났다. 상행선이 남았다.

터널 공사는 발파한 뒤 벽을 콘크리트로 타설하고, 굳기를 기다린 다음에 또 발파하며 전진하며 진행된다. 콘크리트 양생에 일주일이 걸린다. 예정된 발파 작업은 8차례였고, 정상적으로는 1971년 3월 완공이었다. 하지만 개통 예정일인 1970년 7월 7일까지 남은 시간은 8주뿐이었다. 기적, 그것도 실무적인 기적이 필요했다.

5월 10일 건설부 장관 이한림이 당재에서 브리핑을 받았다. 현대건설 사장 정주영도 같이 있었다. 심완식이 보고했다.

"공기 내 완공 가능합니다."

브리핑 후 이한림이 심완식의 어깨를 잡고서 멀찍이 걸어갔다.

"진짜 가능해?"

"불가능합니다."

"…."

'값싸게'라는 원칙을 무너뜨려야 했다. 현대건설 총책임자 양봉웅과 당재 감독관 심완식, 그리고 현대건설 사장 정주영이 만났다.

"사장님, 주판을 엎으시죠. 명예는 저희가 지켜드리겠습니다."

정주영이 바로 대답했다.

"그럽시다."

정주영은 돈 대신 명예를 택했다. 정주영은 단양 시멘트 공장 라인 가동을 중단시키고 조강_{早强} 시멘트 생산을 지시했다. 조강 시멘트는 가격이 세 배지만 48시간이면 굳는다. 이틀에 한 번 발파 작업이 가능하다는 뜻이다. 또 운송 시간이 긴 열차 대신 비싼 트럭으로 시멘트를 날랐다. 근로자 수를 두 배로 늘리고 전표 대신에 현금으로 노임을 지불했다.

정주영이 타고 다니던 캐딜락 12호가 새벽같이 현금 뭉치를 싣고 현장으로 달려왔다. 심완식과 현장소장 이기수, 현대건설 전무 김영주는 침대 하나를 쓰며 3교대로 현장을 지켰다. 정부와 시공사와 노무자 대장, 이렇게 '미친놈 셋'이 미친 듯이 굴을 팠다.

1970년 6월 27일 밤 11시, 마침내 상행선 터널 한가운데에서 만세 소리가 터져 나왔다. 대전에서 기다리던 장관, 장관과 내내 서먹서먹하게 지내던 사장 정주영도 어깨를 부여잡고 만세를 불렀다. 열흘 뒤인 1970년 7월 7일 대통령 박정희는 당재터널을 지나 대구공설운동장에서 개통식에 참석하고, 다음 날 당재터널 부근에 세워진 경부고속도로 순직자 위령탑을 찾았다.

그래서 심완식이 울어버린 것이다. 죽은 근로자들이 떠올랐고, 월남전 때 퀴논에서 피 흘리며 복귀하는 전우들도 떠올랐다고 했다. 앞으로 대한민국에서 벌어질 일들이 기대가 됐다고 했다. 개통 4년 뒤 심완식은 대림산업으로 이직해 중동 건설 현장을 지휘했다.

준공식 다음날 순직자위령탑을 찾은 박정희와 육영수. 위령탑은 당재터널에서 가까운 경부고속도로 금강휴게소 산기슭에 있다.

　당재터널은 명(命)을 다하고 2003년 직선형 고속도로에 자리를 내줬다. 2015년 현재 정부에서는 당재터널을 비롯한 옥천 구간을 문화재로 만들려고 추진 중이다. 터널에서 10분 거리에 있는 경부고속도로

순직자 위령탑에는 순직자 77명 이름이 새겨져 있다. 명단은 아래와
같다.

　　〔고억환 고청모 권동환 김경환 김광선 김다남 김만년 김만수 김병춘 김
　봉열 김석기 김성복 김성태 김인락 김인상 김정희 김종구 김창현 김치용
　노승설 노재근 문영하 문찬균 박기태 박운길 박윤섭 박정길 박창석 박화영
　방명병 백진택 서강일 서병묵 서영돈 손익환 신광휴 신병태 신상문 안석희
　안승업 안창순 오진환 우연재 윤동병 윤치현 이강용 이성만 이의식 이일생
　이풍균 이필예 임순철 임혁 장성 장용석 장원용 전성준 정덕계 정병채 정
　영모 정원진 정윤상 정해덕 조명찬 조병길 조춘일 조태원 진경준 진용학 차
　상건 최광호 최용 최용의 최우숙 최종수 허만종 황창성〕

　　　모든 이를 대신하여 심완식이 말합니다

　　"아무것도 없이 우리는 해냈습니다. 대한민국이 자신감을 가지게 된 게 첫 번째 성과라
고 할까요. 그거 못 해, 하고 생각하면 생전에 아무것도 할 수 없습니다. 나는 내 구간만 열
심히 만들었습니다. 그런데 다 만들고 보니 우리는 역사를 만들었더군요. 한글을 만드신 세
종대왕과 거북선을 만드신 이순신 장군이 위대하듯, 경부고속도로를 만든 우리 대한민국은
참 위대한 나라입니다.

　　개통식 날 훈장을 받을 때, '당재의 심완식'이라고 이한림 장관이 소개하는데 갑자기 눈
물이 납니다. 머릿속에서는 거짓말처럼 지난 2년 반이 영화처럼 스쳐갔고요. 보람, 기쁨, 성
취감, 뭐 그런 단어로 표현할 수 있을까요? 누군가가 말했습니다. 신神이 만든 기적에는 이
유를 붙일 까닭이 없지만 인간이 이룩한 기적에 대해서는 이를 정당하게 분석하고 평가할,
당연한 의무가 있다고.

　　경부고속도로가 기적이라면 이유는 간단합니다. 남들이 잠잘 시간에 우리는 자지 않고
밤새워 일한 거지요. 살아계신 분, 순직한 분 모두가 기적을 만들었습니다. 우리 모두가 자랑
스럽고 대한민국이 자랑스럽습니다."

대한국인大韓國人,
우리들의 이야기

04

버스 여차장
송안숙

1980년대 김포교통 버스 여차장 송안숙(오른쪽)과 당시 교양선생 인금란.

04 버스 여차장
송안숙

1978년 가을 130번 버스

오늘도 팔이 떨어질 것 같았다. 열일곱 먹은 부안 처녀 송안숙은 마음속으로 고래고래 고함을 지르며 노래를 했다.

"세상사람 날 부러워 아니하여도 나 역시 세상사람 부럽지 않네 영국황제 루이스가 날 부러워하네~."

운전기사가 급커브를 돌았다. 차가 기우뚱하더니 사람들이 안쪽으로 쏠려 들어갔다. 꼽쳐 신은 신발로 발판에 버티고 있던 안숙은 배로 승객들을 밀면서 황급히 차문을 닫았다. 사방에서 비명소리와 함께 욕설이 튀어나왔다.

"이 개 같은 년아, 우리가 뭐 콩나물인 줄 아니!"

"야, 죽도록 차장이나 해 처먹어라!"

버스가 맹렬하게 속력을 냈다. 욕설이 잦아들고 안숙은 생각했다. '정말 영국황제가 나를 부러워할까?' 안숙은 버스 안내양이다. 사람들은 차장이라고 부른다. 차장車掌은 차의 손바닥이다. 사람이 아니라 차의 부품이다.

1961년 6월 교통부는 8월 1일부터 시내버스 차장들을 전원 여자로 바꾸라고 지시했다. 5.16군사쿠데타 이후 사회 기강 확립을 주문했던 정부였다.

"남자 차장들에 의하여 가끔 발생되는 눈에 거슬리는 행동을 없이 하기 위함."

1983년 3월 30일 서울 출근길 129번 버스.

6월 12일 부산 시내버스를 시작으로 8월까지 전국 버스 차장들이 남자에서 여자로 교체됐다. 이미 2년 전 서울 버스에 여차장 87명이 시범 운영된 적도 있던 터라, 사람들은 꾀꼬리 같은 목소리로 다음 정류장을 안내하는 젊고 예쁜 안내원들을 기대했다.

1960년대 사람은 남아돌았다. 여자는 더 남아돌았다. 사람값은 쌌고 여자값은 더 쌌다. 여자는 여자일 뿐, 사람 취급 않는 시대였다. 대한민국 첫 상공부장관이자 첫 여성 장관인 임영신 뒤에서 공무원들이 "앉아서 오줌 누는 사람에게 고개를 숙이게 됐다"고 쑥덕거릴 정도였다. 많은 시골 계집아이들이 보따리를 들고 무작정 도시로 올라왔다. 무학無學의 10대 소녀들에게 돌아갈 일자리는 없었다. 많은 여자들은 남자들 무르팍에서 술을 따르고 커피잔을 나르는 유흥가로 흘러갔다. 차장은 학력은 물론 나이도 제한이 없었다. 식모보다 나았고 직공보다 쉬웠다. 사람대접 못 받는 대한민국 여자들에게 여차장은 쉽게 취직할 수 있는 꿈의 직업이었다.

하지만 사람의 직업과는 거리가 멀었다. 사회는 사람대접 못 받는 여자들을 딱 그 만큼만 대접했다. 사람이 아니라 차장, 그러니까 '손바닥' 정도로만.

1989년 4월 20일, 경기도 김포에 있는 한 버스회사에서 여차장 38명이 한꺼번에 사표를 낼 때까지 22년 4개월 20일 동안 여차장들은 사회의 손바닥 취급을 받으며 죽으라고 일하다 마치 하늘로 휴거携擧한 듯 사라져버렸다. 대중교통을 이용하는 학생과 직장인, 중산층들의 안전을 책임지던 연약한 손들.

송안숙은 여차장이 도입된 그 해에 태어났다. 고향은 전북 부안이다. 술 좋아하는 아버지와 열심히 일하는 엄마, 그리고 언니와 남동생 둘과 함께 주산면 들판에서 농사짓고 살았다. 국민학교 6학년 어느 날 아버지가 노름으로 논 열두 마지기를 하룻밤에 탕진했다. 가족은 바닷가 하서 마을로 이사했다.

안숙은 엄마를 따라다니며 갯가에서 조개도 줍고 가마니도 만들어 돈을 벌었다. 아버지는 걸핏하면 "딸년들 필요 없다"고 술주정을 했다. 오기가 난 안숙은 "열 아들 안 부러운 딸이 되겠다"고 다짐했다. 자기 손으로 두 동생들 공부시키고야 말겠다고 다짐했다. 중학교는 가지 못했다. 대신 조갯살 다듬는 공장에 취직해 돈을 벌었다.

"너, 여기 있지 말고 서울 가서 돈 벌어."

안숙을 예뻐하던 6학년 담임선생님은 안숙을 서울 여의도 친척네로 보냈다. 양품점에 취직시켜주겠다던 선생님 친척은 6개월 동안 안숙을 식모로 부려먹었다. 연탄불 꺼지면 번개탄으로 불을 피웠고 두 살 아래 계집아이가 학교에 간 사이에 안숙은 집을 청소했다.

"이걸로는 동생들 못 가르친다."

안숙은 가져온 짐 모두 남겨두고 추석날 집으로 도망쳤다. 닥치는 대로 일하다가 결국 택한 직업이 여차장이었다. 힘은 들지만 열심히 일하면 많이 번다고 했다.

직장은 경기도 김포 김포교통이었다. 안숙은 130번과 41번 버스를 탔다. 김포에서 서울을 오가는 버스였다. 친구 소개로 면접 보던 날 회사 사람이 문제를 냈다.

"35 곱하기 7은?"

그 때 성인 요금이 35원이었다. 질문 여섯 개에 바로 정답을 맞힌 안숙은 취직이 됐다. 1978년 9월 2일이다.

출퇴근 시간이면 버스는 비현실적으로 많은 사람들을 실어 날랐다. 버스마다 사람들로 풍선처럼 부풀어 올라, 어떻게 터지지도 않는지 신기할 지경이었다. 여자들은 '꾀꼬리 같은' 목소리 대신 악으로 하루를 시작하고 하루를 닫았다.

여차장이 생겨난 지 두 달이 채 되지 않은 1961년 9월 21일 아침 아홉 시, 서울 상도동 상도극장 정류장에서 출발하던 버스에서 여차장이 추락했다. 문을 닫지 않고 떠난 버스에서 굴러 떨어진 것이다. 여차장은 병원으로 옮긴지 세 시간 만에 죽었다. 정경자, 열여덟이었다.

시내버스 안내양.

차장들은 새벽 4시 일어나 첫차에 올라 하루 16시간, 18시간을 승강구에 서서 일하다 밤 12가 다 돼서 막차에서 내렸다. 차 내부를 청소하고 세수하고 합숙소에 누우면 새벽 1시 정도. 3시간 만에 아침이 왔다. 1964년 그녀들이 받는 월급은 1400원이었다. 쌀 한가마니는 3556원이었다. 차장들은 그 월급을 쪼개서 저금하고 고향으로 부치고 동생들 학비를 댔다.

1964년 1월 16일 새벽 2시, 서울 영등포구 신대방동에 있는 한 버스 회사 여차장 74명이 합숙소를 집단 탈출했다. 대우를 잘해달라고 요구한 게 탈이었다. 18시간만 일하게 해 달라, 일급을 50원 올려 달라, 밥을 제대로 달라, 매질을 일삼는 감독을 내보내라. 이런 요구에 회사는 열일곱, 열여덟 먹은 여자애들 머리채를 휘어잡고 마구 때렸다.

이듬해 2월 서울 서교동에 있는 회사에서 여차장 두 명이 삥땅을 하다 적발됐다. 회사는 경찰을 동원해 여차장 전원을 조사하며 손가락 사이에 만년필을 끼워 비틀며 고문했다. 여차장 117명이 새벽에 탈출했다. 그 해 가을, 삥땅 혐의를 받던 희자가 제1한강교에서 투신자살했다. 열여덟 살이었다.

1969년 삥땅 감시원이 생겨났다. 넘버링(발판 아래 설치한 계수기로 승객들 숫자를 새기는 일)을 해가며 이들이 얻어낸 승객 숫자는 여차장들 '센타 까는 데(몸 수색을 하는 데)' 이용됐다. 그 해 12월 서울시는 시내 여차장 7000여 명 가운데 50퍼센트가 매일 매를 맞고 있다고 발표했다.

1970년 4월 YMCA 주관으로 심포지엄이 열렸다. 주제는 「삥땅이란 무엇인가」. 한 여차장은 "하루 300원 삥땅으로 생계를 유지하는데,

죄의식이 너무 커서 교회도 나갈 수 없다"고 했다. 천주교 원주교구장 지학순은 "누구나 공정한 보상과 권리가 있으니, 이런 상황에서 삥땅은 죄악이 아니"라고 선언했다.

석 달 뒤 경부고속도로가 개통됐다. 1960년대 후반에 시작된 전국 수출공단이 본격 가동됐다. 많은 차장들이 공단으로 빠져나갔다. 공단에서는 야간학교도 다닐 수 있었고 벌이도 좋았으니까.

승객들로부터는 천대받지만, 차장들은 감상 가득한 사춘기 어린 소녀들이었다. 안숙도 그랬다. 교복 입은 고학생이 물건을 팔고 내릴 때면 안숙은 가끔 차비를 받지 않았다. 어떤 남학생은 꼭 안숙이 탄 버스를 기다렸다가 타더니 회수권과 연애쪽지를 쥐어주고 달아나곤 했다.

안숙도 그랬고, 차장 동생 선희도 그랬다. 선희를 쫓아다니던 남학생은 선희가 차장을 그만둘 때까지 쫓아다녔다. 키가 허리춤만 한 국민학생이 똘망똘망한 눈빛으로 "누나 누구야?" 하고 바라보면, 안숙은 승강구 계단에 아이를 앉히고 자기는 좁은 발판에 두 발을 모으곤 했다.

그러다 열장묶음 회수권을 열한 장으로 교묘하게 잘라 낸 고등학생이 걸리면 그 때는 언니고 누나고 다 필요 없었다. 그 유치한 장난에 혼나는 건 차장이니까.

소설가 송기원은 기억한다. 1960년대 후반 대학 신입생 시절 친구와 함께 또래 여자애들과 하루를 보낸 적이 있었다. 두 사람은 재수생이라던 그녀들과 늦은 밤까지 술집도 가고 재미나게 놀았다. 그러다 버스를 함께 탔는데, 자기 짝이 무심코 차장한테 말하더라고 했다.

"애, 옥자야, 저 분 표 받지 마."

그 뒤로 송기원은 그녀들을 만나지 못했다. 그녀들은 여자고, 언니고, 누나였다.

대통령 친서 한 장에

1977년 1월 부산 버스회사 합숙소에 불이 났다. 입구 쪽 난로에 붙은 불이 번졌다. 뒤쪽에 큰 창문이 있었지만 쇠창살이 박혀 있었다. 돈 빼돌리는 걸 막기 위한 조치였다. 여차장 다섯 명이 죽었다. "차장들 불쌍하다"는 말이 모두에게서 나왔다.

이듬 해 연초, 대통령이 "버스 안내양 처우를 개선하라"고 직접 지시했다. 화들짝 놀란 서울시가 91개 업체를 몽땅 조사했다. 16개 업체는 합숙소에 난방시설 자체가 없었다. 두 군데는 비가 샜고 스무 군데는 큰 방 하나에 76명이 함께 생활하고 있었다. 대통령 말도 무용지물이었다.

두 달 뒤 부산 버스업체들이 여차장들 호주머니를 미싱으로 박아버렸다. 또 회사끼리 삥땅 파파라치를 운영해 다른 회사 버스를 타고 승객 수를 셌다. 현상금은 5000원이었다. 대통령이 "종업원 후생복지향상에 앞장서줘서 감사하다"고 격려친서를 보냈다.

버스회사들은 행간에 숨은 무시무시한 경고를 직감했다. 열흘 뒤 여차장 월급이 33퍼센트 전격 인상됐다. 임금 인상은 전국으로 파급됐다.

이듬해 9월 2일 안숙은 차장이 됐다. 차장들 말로, '문짝을 잡았다'. 씩씩하게 일하리라 생각했지만, 예상과 달랐다. 찬송가를 부르지 않고는 견디기 힘들 정도로. 남자들은 가슴을 건드리고 내렸고, 항의하면 욕을 했다.

차장이라는 게, 서러웠다. 중늙은이들은 취한 척하며 가슴을 건드리고 내렸고, 학생들은 10개 묶음 회수권을 열한 장으로 잘라 토큰통에 넣었다. 도저히 더 태울 수 없는 지경에 이르면 안숙은 "저기 다음 버스 온다"고 거짓말하고 "오라이~!"를 외쳤다. 정류장에 남은 사람들이 뒤통수에 퍼붓는 욕을 들으며 안숙은 이를 악물었다.

"이 손 놓으면 나 죽는다."

손잡이를 쥔 팔이 끊어질 것 같은 때면, 급커브를 틀어주지 않는 모범 기사들이 미웠다. 승객에게 화를 내도 혼이 났고, 돈이 모자라도 혼이 났다. 차장들에게 담배며 토큰 상납을 요구하는 기사들도 있었다. 어쩌다 졸다가 버스에서 떨어지면 무릎에 난 생채기는 빨간약 대충 바르고, 구멍 난 옷은 자기 전에 꿰맸다. 욕먹기도 싫었고 욕하기도 싫었다. 자존심에 상처 받기는 정말 싫었다.

35원 안 내겠다고 거들먹대다가 만 원짜리 지폐를 내는 관리들에게 안숙은 꼬박꼬박 10원짜리로 잔돈을 거슬러줬다. 회사에 가서 싹싹 빌면서도 속으로는 통쾌했다.

대신 악착같이 돈을 모았다. 목돈 200만 원 모아 소 두 마리 사서 엄마한테 선물했다. 두 동생은 "너희는 우리 집 기둥이다"라고 설득해 전문대까지 보냈다. 훗날 남동생들이 어른이 되고 아버지가 돌아가시던 날, 안숙이 물었다. "아직도 딸이 싫으시냐, 미안하지도 않으시냐"고. 아버지가 말했다. "그래, 다 미안하다. 잘 살거라." 그때 안숙은 울면서 아버지와 화해했다.

1984년 인금란이 김포교통에 교양 선생님으로 왔다. 말 그대로 어린 여자들에게 교양을 가르치는 선생이다. 중학교 교사였던 인금란은 학교보다 넓은 교육을 꿈꾸며 안내양들을 가르쳤다.

"한강도 하루에 몇 번씩 볼 수 있으니 얼마나 좋겠니!"

스물여덟 살 난 물정 모르는 처녀 선생한테 차장들이 말했다.

"선생님, 저희는 한강 건널 때면 그냥 빠져죽고 싶어요."

아침에 합숙소 바닥 대걸레질을 하는 아이들 입에서는 김수희의 노래가 반복됐다.

"너무 합니다, 너무합니다, 당신은 너무합니다."

낭만 속에 갇혀 있던 처녀 선생은 어린 차장들에게서 세상을 배웠다.

그 해 정부가 결정적인 조치를 내렸다. '시민자율버스'. 승객이 토큰통에 직접 요금을 넣게 됐다. 아예 말썽 많은 안내양 제도를 없애기로 한 것이다. 서울에서 시작한 자율버스는 전국으로 퍼져나갔다.

지하철이 일상화되면서 버스 승객도 줄었다. 여자들 일자리가 늘면서 차장이 되려는 시골 아이들도 줄어들었다. 세상은 더 이상 안내양을 원하지 않게 되었다. 사회에서는 안내양용 접이식 의자를 설치하자는 운동이 벌어졌다. 세상은 더 이상 안내양을 원하지 않게 되었다. 삥땅, 센타까기, 오라이… 어느 틈에 안내양은 잊혀져갔다.

안숙은 1982년 결혼을 했다. 지겹도록 힘든 삶에서 탈출하고 싶었다. 열네 살에 상경해 자수성가한 7남매 장남과 만나 결혼을 했다. 3년 뒤 가을, 최고참 안내양인 '1호 언니' 안숙이 버스회사를 떠났다. 만 7년 동안 문짝을 두드린 세월이었다. 4년이 지난 1989년 4월 20일, 교양 선생 금란이 아이들에게 말했다.

"내가 결혼 욕심에 너희들과 더 있을 수가 없구나."

밤새 합숙소에서 회의를 한 안내양들은 이튿날 회사에 집단으로 사표를 냈다. 김포교통은 '안내양이 없습니다'라고 버스에 써 붙였다. 대한민국에 마지막 남았던 버스 안내양 38명은 그날 모두 고향으로 돌아갔다.

그 해 12월 30일 자동차운수사업법에 안내원 승무 의무조항이 삭제됐다. 여차장은 대한민국에서 가장 극적으로 실종된 직업군이 되었다. 송안숙은 남편과 함께 재활용품상을 운영하며 신앙생활을 하고 있다. 인금란은 지금 기독교장로회 여신도회 전국연합회 총무 목사다.

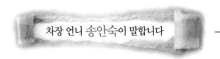

차장 언니 송안숙이 말합니다

"하나님을 부를 때 '아버지'라 부르기가 싫었습니다. 울 아버지 땜에 우리 가족이 큰 고생을 했으니까요. 하지만 아버지 돌아가실 때 아버지라 불렀습니다. 가끔 아이들 타이를 때 아버지 말씀 그대로 읊는 저 자신을 보고 놀라기도 합니다.

술 따르고 웃음 팔며 쉽게 돈 벌 직업 택하지 않고 열심히 살았습니다. 창피하고 우스운 직업이라고 손가락질도 당했지만, 부끄럼 없이 살았습니다. 지금도 넉넉하지는 못합니다. 차장 생활 숨기고 사는 분들이 훨씬 더 많지만, 그럴 생각은 없습니다. 어찌됐든 한 시대 한 분야를 맡아서 사회를 굴러가게 했으니까요.

다들 힘들었죠? 우리는 조금 더 힘들었습니다. 조금 더."

05

공순이 누나
고선미

05 | 공순이 누나 고선미

"집 구하고 돈 좀 쌓이면 너랑 동생도 부를게."

엄마는 짐 보따리를 지고서 열차에 올랐다. 1979년 여름이었다. 열여섯 살 된 소녀 고선미는 두근거리는 가슴을 누르며 엄마에게 손을 흔들었다. '서울 가면 공부 열심히 해서 외국여행 하면서 살아야지.'

예쁘장한 선미는 스튜어디스가 꿈이었다. 나이 비슷한 막내이모, 외사촌 언니와 함께 미스코리아를 흉내 내며 놀던 소녀였다. 동네 언니한테서 옷 만드는 기술도 배우던 차에 서울로 간다니, 이 시골 소녀는 이미 태평양과 대서양을 훨훨 날아다니는 것 같았다.

선미는 충남 조치원에서 살았다. 아버지, 엄마와 남동생과 함께 살았다. 열차 상인에게 계란이며 오징어를 대주던 아버지 덕에, 유복하진 않아도 남부러울 일 없이 살았다. 책보자기 대신에 책가방도 있었고, 레이스 달린 자주색 원피스도 있었다.

문득 아버지가 하늘로 갔다. 선미네는 가난 구덩이에 빠졌다. 돈 벌러 간 엄마는 이듬해 선미와 동생을 서울로 불렀다. 엄마는 구로공단의 의류공장 대우어패럴 구내식당에서 일하고 있었다.

엄마는 남매를 가리봉오거리에 있는 집으로 데려갔다. 현관 뒤로 부엌이 나왔다. 연탄가스 냄새가 났다. 아궁이 위 미닫이문을 여니 방이 있었다. 한 사람 눕기 딱 좋았다.

"…"

말이 없는 선미에게 엄마가 말했다.

"내일 따라오너라."

며칠 뒤 선미는 엄마가 일하는 공장에 취직했다. 의상 기술을 보더니 공장 사람은 선미를 완성반으로 보냈다. 완성된 옷에 단추를 달고 마무리를 하는 팀이다. 천을 다리고 실밥을 솎아내 미싱사들에게 넘기는 시다보다는 편했다. 완성된 옷을 상자에 담을 때마다 스튜어디스가 되겠다는 꿈도 꾸깃꾸깃 구겨서 집어넣었다. 선미는 공순이다.

구로공단, 기적의 시작

:

바닥이 없는 구덩이를 무저갱無底坑이라 한다. 그 끝은 지옥이다. 1960년대 초 대한민국은 무저갱이었다. 사람들은 가난했고, 남아돌았다. 아니, 일자리가 부족했다. 해마다 '을축년 홍수'를 들먹여야 할

1973년 7월 21일 구로공단 퇴근길 풍경이다. 앳된 소녀들이 평상복으로 갈아입고 걸음을 옮긴다.

정도로 대홍수가 몰아닥쳤다. 홍수에 흉년까지 겹친 농촌 사람들은 무작정 도시로 올라왔다. 농촌은 비어갔고 도시에는 가난이 가득했다.

먹고살 길은 수출뿐이었다. 가진 것은 노동력밖에 없었다. 1964년 5월 20일 한국수출산업공단이 영등포 구로동과 가리봉동 일대에 공단을 열었다. 재일교포 자본을 유치하려고 했지만 실패로 돌아갔다. 대신 국내 기업들이 대거 입주했다. 청계천에서 이주한 판자촌과 야산, 그리고 미8군 탄약창고 부지였던 벌판에 섬유와 봉제, 전기제품 같은 노동집약적인 공장들이 속속 들어왔다.

1967년 구로공단이 정식으로 출범했다. 그 해 3억2000만 달러였던 대한민국 수출액은 10년 뒤인 1977년 100억 달러가 됐다. 수출 품목 1~3등은 섬유·의류·봉제, 전기·전자조립, 가발과 잡화였다. 1970년

대 구로공단 주력업종이다.

1971년 대한민국이 수출액 10억 달러 가운데 1억 달러가 구로공단에서 나왔다. 사람들은 "오천 년 역사상 가장 위대한 경제 발전은 구로공단에서 시작했다"고들 했다. 기적 뒤에는 여자들이 있었다. 공순이라 불리는 여자들.

수출액이 늘수록 여공들 삶은 고단해져갔다. 근로자 절대다수가 어린 여자들이었다. 중학교도 나오지 못한 아이들이 많았다. 많은 여자아이들이 공단에서 생리를 시작했고, 작업대 앞에서 키가 자랐다.

아이들은 주야간 교대 근무자 서너 명이 월급을 쪼개서 벌집에 세 들어 살았다. 벌집은 겉은 단독주택인데 들어가 보면 복도 양편으로 부엌 딸린 단칸방 수십 개가 붙어 있는 집단 자취집이다. 여자들은 비키니옷장 하나, 경대 하나와 앉은뱅이 상 하나를 함께 썼다.

화장실은 수십 명이 같이 썼다. 한 집이지만 서로 얼굴을 보지 못하는 날도 많았다. 어쩌다 만난 날이면 아이들은 함께 라보때를 먹었다. '곱배기가 아니라 라면 보통으로 때운다'는 뜻이다.

1973년 추석을 앞두고 벌집에 살던 세 자매가 죽었다. 미닫이문 틈으로 부엌 연탄가스가 스며든 것이다. 경기도 광주에서 올라와 전기제품공장과 완구공장에서 일한지 1년 된 여자들. 열일곱, 열아홉, 스무 살 된 꽃들이 허망하게 졌다. 1975년 포크듀엣 둘다섯이 「긴 머리 소녀」를 히트시켰다. 노래는 이렇다.

'빗소리 들리면 떠오르는 모습 / 달처럼 탐스런 하얀 얼굴 / 우연히 만났다 말없이 가버린 / 긴 머리 소녀야 / (중략) / 개울 건너 작은 집의

긴 머리 소녀야 / 눈 감고 두 손 모아 널 위해 기도하리라.'

그 해 대한민국 주부와 여대생과 여공들은 너나없이 미니스커트를 입고 머리를 길렀다. 많은 사람들은 황순원의 소설 「소나기」에 나오는 윤 초시네 증손녀를 떠올렸고, 가족을 위해 공단으로 떠나는 시골 소녀들을 떠올렸다.

둘다섯은 구로공단을 자주 찾아와 공연을 했다. 마지막 곡으로 이 노래를 부를 때면 무대 아래에는 깊은 울음바다가 열렸다.

타이밍으로 버틴 철야

선미는 나았다. 엄마가 있었고 동생이 있었으니까. 낮에는 공순이지만 밤에는 야간고 학생이니까. 아침 8시에 출근하면 조회를 했다. 작업복으로 갈아입고 줄지어 서서 사가社歌를 합창하고 국민체조를 했다. 사가는 '우리는 대서양을 건너서~'로 시작했다.

"우리가 뭔가 대단한 일을 하는 것 같지 않아?"

나라에서는 수출역군이라고 했고, 아침마다 대서양을 건너는 일을 한다고 하니 선미는 자기가 굉장히 의미 있는 일을 한다고 여겨져 우쭐해했다.

남동생은 고등학교를 다녔고 대학교를 다녔다. 선미가 치마와 블라우스, 구두 각각 두 벌씩과 두 켤레씩으로 사는 동안 동생은 교복을 입고 청바지를 입었고 프로스펙스 운동화를 신었다.

가끔 선미는 생각했다. '왜 나는 가난한 부모를 만나서 이 고생을 할까.' 하지만 동생에 대한 원망은 전혀 없었다. 한 집의 기둥인 남자아이는 공부를 해야 하고, 계집아이는 그 남자를 지원해야 했다. 당연한 일이었다.

본봉이며 잔업수당이 깨알 같이 적힌 노란 월급봉투는 뜯지도 않고 엄마한테 줬다. '힘든데, 월급이 참 적다'고 느꼈지만, 이 또한 당연하다고 생각했다. 다들 그렇게 받았으니까.

"너는 어디서 왔니?"

어느 날 새로 온 어린 동료에게 물었다.

"정읍."

얘도 쟤도, 건너편 아이도 대답이 똑같았다. 고향도 똑같고 나이도 똑같고 입사일도 같았다. 아이들은 "공부도 하고 돈도 벌 수 있다"는 설명을 듣고 한꺼번에 버스를 타고 왔다고 했다. 꿈도 똑같았다.

"우리 오빠 대학 보내고 우리 아버지 약값 벌려고."

아이들 눈동자에도 '내 희생 하나로' 같은 비장함은 보이지 않았다. 희생은 그저, 당연했다. 그래서 그 눈을 생각하면 지금도 눈물이 난다. 눈물을 찍다가 '나도 그랬잖아?' 하고 웃는다.

구내식당에서 점심을 먹으면 선미는 쪼르르 매점으로 달려가 그 아이들과 150원짜리 땅콩샌드위치랑 아이스크림을 먹었다. 가끔 야근을 마치면 가오리로 놀러 다녔다. 가오리는 가리봉오거리를 줄인 말이다. 가오리에는 쫄면집도 있었고 디스코텍도 있었고 음악다방도 있었다. 500원이면 커피 한 잔에 좋아하는 팝송을 신청해 들을 수 있었다.

"다음 곡은 가리봉동에서 오신 고선미 양이 신청한 노래입니다."

음악다방에서만큼은 공순이가 아니었다. 고선미였다.

아이들은 여대생 흉내를 냈다. 책을 매는 책 밴드에 두꺼운 책을 묶어 들고 다녔다. 높은 구두를 신고, 미니스커트를 입고서 이대 앞과 여의도광장을 걸어 다녔다. 가끔씩 남자 대학생들이 와서 말을 걸었다.

"우리 만날래요?"

아이들은 도망치듯 벌집으로 돌아와 베개에 얼굴을 묻곤 했다. 지금도 공단 출신들은 공부에 한이 맺혀 있다. 그때 필요한 것은 학력이 아니라 체력이었다. 철야를 하고 잔업을 해내야 했다. 실을 만드는 방적 공장 면접시험은 달리기였다. 기다란 방적기 수십 대 사이를 뛰어다니며 실을 고르는 체력이 필요했다.

철야에 지친 여공은 타이밍을 먹었다. 타이밍은 카페인 가득 든 각성제다. 여공들은 멍한 정신 상태로 날밤을 새고 집으로 돌아갔다. 졸다가 미싱 바늘에 손톱 사이를 찔리고, 다림질 기계 사이로 손을 납작하게 눌린 사람들도 많았다.

공단 가로등은 희미했다. 선미의 삶도 희미했다. 정읍에서 온 계집아이들도 어두웠다. 저임금을 기반으로 노동집약형 상품을 저가로 수출해 달러를 벌던 시대였다. 근본은 저임금이었으니, 수출역군들은 저임금을 감내하며 작업을 했다. 돈을 벌어도 고향집 보내고 적금 붓고 나면 쫄면 하나 사먹기도 버거웠다.

도대체 돈은 어디로 간 걸까. 공부도 제대로 못하고 나이도 어린 아이들이었다. 뭐가 잘못됐는지도 잘 몰랐다. 퇴근할 때면 좁은 수위실에서 온몸을 '센타 까이며'(수색 당하며) 공장 물품 도둑으로 몰려도, 그게 당연한 줄 알고 일했다. 그러다 1985년 마침내 닥칠 게 닥쳤다. 공단에 있는 근로자들이 일제히 파업을 한 것이다. 구로공단동맹파업이라고 부른다.

"선미야, 노조가 생기면 월급이 올라."

1984년 어느 날 이웃 공장에 다니던 아는 언니가 말했다. 자기네 공장에서는 노조원들이 관리직에게 더 이상 굽신거리지 않는다고도 했다. 월급이 오른다고? 그 해 선미가 다니던 대우어패럴에 노조가 설립됐다. 선미도 가입했다. 공단에 노조가 속속 설립됐다.

30년 동안 저임금 저가 제품에 익숙하던 공단은 쉽게 받아들이지 않았다. 엇갈린 현실 인식과 불만은 결국 1985년 6월 전체 구로공단의 연대파업으로 이어졌다. 공단은, 대한민국은 오래도록 후유증을 앓았다. 어떤 이는 이를 "과격한 폭력 투쟁"이라고 불렀고, 어떤 이는 "산업화의 기적과 함께 구로공단이 민주화의 기적을 이룬 사건"이라고 불렀다.

선미는 지금도 기억한다. 어둠 속에 갇혀서 각목으로 맞아 입원했던 병실, "똑바로 자백하지 않으면 엄마까지 구속한다"던 덩치 큰 형사, 울면서 집에 왔더니 "너 때문에 나까지 잘렸으니 뭘 먹고 사나"며 화를 내던 엄마 얼굴까지, 첫 월급도 첫 출근도 새카맣게 잊었지만 너무나도 날카로운 그 기억들.

해고당한 선미는 하청업체를 전전했다. 조합원 이력서로 대기업 취직은 불가능했다. 그러다 남자를 만나 결혼을 했다. 착하고 믿음직한 공장 동료였다. 1994년까지 공장을 떠돌다 미싱 들여다 놓고 광명시에 공장을 차렸다. 봉제라면 죽어도 싫었지만, 아는 게 따로 없었다. 미싱사와 '시다'(아랫사람을 뜻하는 일본어로, 보조원을 가리킴)가 퇴근하면 남편이랑 둘이서 잔업을 했다. 두 아들은 작업판 위에 재우며 일했다.

못 배운 게 서러워 회초리로 손바닥 때리며 가르쳐 아이들 대학 보내고 대학원도 보냈다. 집도 샀다. 그러다 IMF 만나서 공장 들어먹었다. 지금은 화장품 방문판매사다.

구로공단 봉제공장들은 저임금을 찾아 동남아로 떠났다. 21세기 대한민국이 그러하듯, 구로공단은 첨단 IT단지로 변신했다. 가오리는 디지털오거리로 개명됐다. 다니던 공장은 아웃렛으로 변했다. 선미네 가족은 거기에서 영화도 보고 쇼핑도 하고 외식도 한다.

가끔 어른이 된 아들들에게 말한다. 나, 여기 공순이였어. 고객이 된 공단 사모님들에게도 말한다. 여공들 함부로 대하지 말라고, 사는 게 다 이유가 있는 거라고. 2016년 선미는 쉰두 살이다. 선미는 광명시에 산다. 소녀 가장, 처녀 가장으로 살았던 구로공단까지 전철역 하나 거리다.

선미가 말합니다

"엄마한테 원망을 했더랬습니다. '그때 나는 미성년자였는데 감당하기가 너무 힘이 들었다'고. 엄마가 말했습니다. '내가 그래서 공부하라고 하지 않았냐'고. 민망해서 한 소리라는 거 잘 압니다. 당신도 고생만 하다 늙었으니까요.

더 배우지 못한 거 후회가 됩니다. 더 좋은 환경에서 살 수 있었을 텐데. 그게 서러워서 아이들한테 모질게 굴었습니다. 어느 날 아들한테 말했습니다. 엄마 아빠가 배우지 못해서 너희들을 이렇게밖에 못 길러 미안하다고요.

아들이 효잡니다. '조금도 서운한 적 없었으니 전혀 그러실 필요 없다'고 했습니다. 그 말 한마디에 평생 가지고 있던 짐을 벗었습니다. 행복과 거리가 멀었었는데, 지금은 행복합니다."

대한국인大韓國人,
우리들의 이야기

06

늙은
마도로스
박중성

06 | 늙은 마도로스 박중성

부활한 유령선

1964년 2월 10일 일본 도쿄 항구에서 홍콩에 적을 둔 일본계 화물선 룽화龍華호가 출항했다. 이 2700톤 급 화물선은 폐선 대상이었다. 녹이 슬다 못해 선체는 곳곳에 구멍이 났고 바닷물로부터 녹을 막을 페인트는 다 벗겨져 있었다. 너무 낡아서 일본 선원 누구든 승선을 꺼리던 배였다.

잡화를 가득 실은 유령선이 기약 없이 출항했다. 선장 김기현과 기관장 이상래를 비롯해 선원 28명은 전원 한국인이었다. "못 돌아올지도 몰라." 항구에 있던 선박회사 누군가가 중얼거렸다.

두 달이 지났다. 룽화호로부터 도쿄항으로 귀항 중이라는 무전이 왔다. 반가운 마음에 항구로 마중나간 사람들은 놀랐다. 거친 파도 위로 로프에 의지해 선원들이 망치로 녹을 떨어내고 페인트를 칠하고 부서진 선실들을 말끔하게 치워놓은 게 아닌가. 유령선이 부활한 것이다. 훗날 선원들이 말했다. "우리가 잘한다는 걸 보여줘야 또 취직할 수 있었으니까, 목숨을 걸고 배를 지켜서 집으로 돌아왔다"고. 바다에 목숨을 걸고서 달러를 벌어온 사내들, 우리는 이들을 송출선원送出船員이라고 부른다.

꼬장꼬장한 아버지 덕에 박중성은 배를 곯았다. 공무원이었던 아버지는 온갖 뇌물상자를 마다하고 살았다. 국장급까지 올라갔지만 평생 관사에서 산 터라 집도 절도 없고, 돈도 없었다. 전쟁이 터지고 아내와 8남매를 데리고 서울에서 부산으로 피란을 내려왔다.

부산역이 내려다보이는 영주동 달동네에 터를 잡았다. 박중성이 열한 살 때다. 대한청년단 본부도 영주동에 있었고 극장 '기도'(문지기를 뜻하는 일본어), 항만 관리를 하는 거친 사내들이 영주동에 많이 살았다.

아버지는 친구가 운영하는 광복동 동아극장 건너편 신선한의원에서 수은을 섞어 임질약을 만들어 팔다가 중성이 스물한 살 때 중풍으로 세상을 떴다. 돈 버는 재주가 없었던 아버지는 집안 경제에 별 도움이 되지 못했다. 거친 영주동 사내들이라면 대개 그러했듯, 중성은 강원도 화천에서 군 생활을 마치고 공장에 다니다가 배를 탔다. 1970년, 스물여덟 살이었다.

첫 배는 원양어선이었다. 인도양까지 가서 참치를 잡는 7척 선단이었다. 배 크기는 90톤이었다. 90톤, 어선이 아니라 보트였다. 생각해 보라. 척마다 선원 20명이면 꽉 차는 일엽편주 일곱 척이 망망대해에서 헤매는 장면을. 파도와 전투를 하고 잠과 싸워도 고기는 잡히지 않았다. 1년이 채 못가 회사는 부도가 나고 선단은 빚쟁이들이 가져갔다.

이듬해 중성은 집으로 돌아왔다. 모처럼 뭍에 온 김에 다섯 살 아래 이웃집 동생과 결혼을 했다. 동생 이름은 오순덕이다. 젊은 선원 중성과 더 젊은 아내 순덕은 다짐했다.

"돈 벌어서 행복하자."

다짐과 함께 중성은 곧바로 다시 바다로 갔다. 중성은 기관원으로 배를 탔다. 기관원. 쉬운 말로는 보일러에 불을 때는 화부火夫다.

첫 딸 소현이 태어나고 이어서 둘째 아들 민철이 태어났다. 두 아이 탄생 소식을 중성은 브라질 해상에서 모르스 부호로 알게 됐다. 아이들 이름은 옥편을 뒤져 지었다가 한 달 뒤 뭍에 상륙한 뒤 알려줬다.

그리고 각각 1년이 지나서 집에 갔더니 소현과 민철은 아버지를 알아보지 못했다. 43년 동안 배를 탄 이 늙은 마도로스는 그게 가슴 아프다. 왜 배를 타서 나는 아이들과 지금도 친하지 못한 걸까.

1960년대 대한민국, 사람은 많았고 돈은 없었다. 가족을 먹여 살려야 하고 국가를 세워야 했다. 여자들은 머리카락을 팔아 쌀을 샀고, 수많은 남녀 청춘들이 서독으로 날아가 막장을 파고 시체를 닦았다. 국가 차원에서 진행된 사업이었다.

한국파독협회에 따르면 1965년부터 10년 동안 이들 광부와 간호사

1만9443명은 모두 1억153만 달러를 한국으로 송금했다. 파독 광부
와 간호사들은 조국을 부흥시킨 영웅으로 정당한 대접을 받게 되었다.

　1960년 6월, 부산항에 입항한 그리스 선박 라밀레프레스호 통신장
이 병으로 하선했다. 통신은 반드시 필요했기에 선장은 부산항을 수소
문해 대한해운공사 통신장 김강웅을 승선시켰다. 월급은 330파운드.

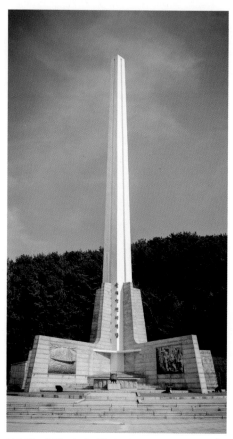

부산 영도에 있는 순직 선원 위령탑

해운공사 월급 3배였다.
김강웅은 2년 반 동안 배
를 타고 귀국했다.

　간간이 개인적으로 이
어지던 외국배 승선은
1964년 유령선 수준의 룽
화호를 시작으로 본격화
됐다. 한두 사람이 아니라
선박 단위로 선원 송출이
이뤄진 것이다.

　선원은 넘치고 탈 배는
없던 시절, 억센 부산 사
내들은 너도나도 외국 화
물선에 올랐다. 일본, 그
리스, 미국 같은 해양국들
은 그 때 이미 선원 부족을
겪고 있었다. 배 없는 나라

선원들은 배가 남아도는 해양국으로 떠났다. 어선을 타는 경우도 있었지만, 주로 대륙간 화물을 나르는 상선이었다.

1964년 28명으로 시작된 송출선원들은 이듬해부터 10년 동안 1억 6700만 달러를 한국으로 송금했다. 수출 100억 달러를 달성한 1977년, 송출선원 1만3462명이 부친 돈은 8800만 달러, 500억 달러를 달성한 1988년에는 5억1600만 달러였다. 2014년까지 9700명이 넘게 바다에서 죽었다. 목숨을 걸고 바다와 싸운 그들을 육지 사람들은 '마도로스'라 부르며 낭만시했다. 아니면 뱃놈이라고 눈을 내리깔거나. 박중성도 마도로스였다.

미사일 날아다니던 아미르 항구
:

화려하게 부활한 유령선을 본 외국 선박회사들은 한국 선원들을 즐겨 채용했다. 면서기가 한 달에 5000원을 받을 때 송출선원은 첫 승선에 3만7000원을 받았다. 부산 사람들은 "배를 타면 가문을 살린다"고 했다. 1년 죽을 고생하면 집이 생겼으니까. 죽을 고생이란 게 다른 게 아니었다. 유령선을 살려내듯 일하면 되는 것이다.

배가 안전하게 항해할 수 있도록 폭풍우 속에서도 선체 녹을 벗겨내고 페인트칠을 하고, 규율을 준수하며 명령을 이행하는 것이다. 잘 못한다고 재계약이 안 되면 집에서 기다리는 마누라와 자식들이 먹고 살일이 없으니, 화물 기중기에 부딪쳐 팔목이 부러져도 기간 내에 화물을 하선시키는 것이다. 해적 떼를 피하고, 머리 위를 날아가는 미사일을 보면서 심장을 쓸어내리며, 목숨보다 화물을 먼저 걱정하는 것이다.

지구상 그 누구도 할 수 없었다. 1960년대, 70년대 지독한 가난 속에서 그만큼 혹독한 군대를 제대하고 독기를 가득 품은 젊은 대한민국 마도로스들만 가능한 일이었다.

해양국들은 그 한국선원들을 선호했다. 한국선원만 타는 단일선도 있었고, 다국적 선원이 타는 혼승선混乘船도 있었다. 미국에서 고철을 수집하던 회사 슈네쳐는 한국선원이 탄 유령선이 변하는 걸 보고 아예 라스코라는 해운회사를 설립해 한국선원만 고용했다.

1980년 이라크-이란전이 터졌다. 중성이 탄 배가 방콕에서 쌀을 싣

위령탑에 새겨진 상선의 항해 모습.

고 이란 아미르항에 도착했다. 항구에는 쌀을 내릴 사람이 없었다. 한 달 기다리는 동안 폭격기들이 항구 위로 미사일을 쏴댔다. 어렵사리 쌀을 내리고도 전투기 한 대가 저공비행하며 배를 한참 쫓아왔다.

아미르항을 떠난 배는 남아공 더반항에서 사탕을 싣고 일본으로 갔다. 일본을 떠난 배는 다시 방콕에서 쌀을 싣고 아미르항으로 되돌아갔다. 선주는 전쟁수당을 주지 않으려고 배를 항구 외곽에 정박시켰다. 결국 수당은 받지 못했다.

독일에서는 철광석을, 영국에서는 온갖 잡동사니를, 프랑스에서는 화장품을 가득 싣고 중미 카리브해로 갔다. 한번 항구를 떠나면 다음 항구까지 보름에서 한 달까지 걸렸다. 그렇게 태평양과 대서양을 오가고 나면 1년이 가고, 중성은 브라질 앞에서 득남 득녀 소식을 들었다.

1978년은 박중성에게 잊고 싶은 해였다. 박중성은 독일 선박과 계약을 맺고 미국으로 날아갔다. 뉴올리언스를 출발한 배는 쌀을 싣고 일본으로 떠났다. 태평양 위에서 곡물창을 닫던 한국선원이 30미터 아래로 추락해 죽었다. 중성은 자기 손으로 청년의 옷을 벗기고 염을 하고, 관에 못을 박았다. 생살에 못질하는 느낌이 들었다. 가난한 유족들은 아들을 보고 싶어했지만, 시신은 도쿄항에서 화장했다.

항구에 내려 일주일 정도 쉴 때는 좋았다. 가족들 줄 선물도 사고, 오랜만에 술집도 갔다. 젊은 선원들은 걸핏하면 거친 싸움을 벌였지만 대개 취중 실수로 넘겨주곤 했다. 바다는 훨씬 거칠었으니까.

일본에서 미국으로 가는 도요타 승용차 화물선에서는 높이가 2미터도 안 되는 화물칸 해치에서 떨어진 청년이 날카로운 쇠사슬에 두개골

이 깨졌다. 긴급 무선으로 근처에 항해하는 선박 의사를 찾았다. 소련 배가 보낸 구급보트에서 하얀 가운을 입은 여자들이 질서정연하게 승선했다. 무시무시한 공산국가 여선원들은 곧바로 사망선고를 내리고 바람처럼 사라졌다.

바람에 날리는 로프에 목이 감기고, 하역용 기중기에 척추며 팔이 잘리는 마도로스들도 숱하게 보았다. 그 해 크리스마스, 카리브해에서 사이클론 파도에 갑판 한가운데가 쩍 갈라지며 지옥문이 열렸다. 모든 물체를 고정하고, 메인 엔진이 꺼지지 않도록 하는 극도의 긴장 속에 배는 폭풍을 벗어났다.

지옥길 같은 이 항해를 뱃사람들은 '황천 항해荒天 航海'라 부른다. 중성은 어떻게 배가 프랑스까지 가서 어떻게 하선했는지 기억이 가물가물하다.

공식 집계가 시작된 1971년 144척이었던 송출 취업 선박은 1987년에 2534척으로 절정을 이뤘다. 송출 첫해인 1964년 55만7000달러였던 선원들의 송금 액수는 그 해 4억6900만 달러였다. 송금 액수는 1991년 5억3600만 달러까지 가기도 했다. 선원들이 목숨 걸고 벌어온 돈은 대한민국이 나라 형색을 갖추는 데 크게 기여했다.

거꾸로 선원들을 쇠락하게 만드는 통로이기도 했다. 올림픽이 있던 해 4만2471명으로 절정이었던 송출선원은 2012년 현재 3551명으로 줄었다. 나라가 잘 살게 되고 육지가 부유해지면서, 더 이상 청년들이 고된 선원직을 원하지 않게 된 것이다.

해양국가를 꿈꾸는 대한민국 상선과 어선에는 미얀마와 베트남 청년들이 일한다. 박중성은 섭섭하다. 국가에 봉사했다는 덕담까지는 아니더라도 뱃놈이라 천시하지 않았으면 좋겠는데, 송출선원들은 감쪽같이 잊히지 않았는가.

박중성은 짧아야 1년에 한번 집으로 돌아왔다. 두 번 다시 배 안 탄다고 다짐하지만, 그때마다 다시 선원수첩을 챙겼다. 그가 말한다.

"먹고 살아야 했다. 육지는 도저히 적응할 수가 없었다. 배운 도둑질이 배 타는 일밖에 없었으니."

육지에서 친지들에게 돈 떼이고 사기 당한 선원들은 셀 수도 없다. 목숨을 걸고 지켜냈던 가족들과도 불화가 잦았다. 마도로스들은, 뭍에 적응하지 못했다.

박중성은 그 생활 끝에 부부가 사는 아파트와 아들 장가 갈 때 혼수로 줄 작은 아파트 하나, 그리고 작은 상가를 마련했다. 공식 집계가 시작된 1980년부터 2013년까지 박중성은 모두 35개 상선을 타고 대양을 누볐다. "기력과 기억력이 쇠해졌다고 스스로 느껴서" 배에서 내렸다고 했다. 화부로 시작해 기관장으로 하선한 마도로스 박중성은 2016년 일흔네 살이 되었다.

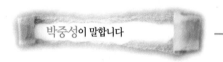

박중성이 말합니다

"나이 스물여덟에 배를 타서 일흔하나에 내렸습니다. 햇수로 43년입니다. 아쉬움이 많습니다. 아주 많습니다. 아들 민철이와 같이 엘리베이터를 타면, 할 말이 없습니다. 몇 달 만에 한 번씩 집에 들르면 민철이를 혼낸 기억밖에 없습니다. 속뜻은 그게 아닌데, 제 입에서는 그저 공부해라 소리밖에 나오지 않았고요.

내가 바다에 있을 때 집을 지키며 또순이처럼 일한 아내 순덕이가 그저 고맙습니다. 이제 늙어서 기력도 없고 기억력도 떨어졌습니다. 바다로 더 갈 수도 없습니다. 대한민국, 이 나라 해양국가라지요? 우리 선원들이 익힌 기술과 경험이 이 나라를 만들었다고 자부합니다. 우리 뱃놈들, 기억해주십시오."

흥남부두와
김치 파이브
이경필

07 | 흥남부두와
김치 파이브 이경필

선장 라루와 수사修± 마리누스

프랑스계 미국인 레너드 라루Leonard LaRue는 수사修±였다. '라루'는 프랑스어로 '길'이라는 뜻이다. 마흔 살 되던 1954년 라루는 수도원에 들어간 이래 딱 하루를 제외하고는 수도원 밖으로 나가지 않았다. 세례명은 마리누스Marinus였다.

미국 뉴저지에 있는 성바오로수도원은 노동과 기도를 삶의 중심으로 하는 카톨릭 베네딕트회 소속이다. 마리누스 수사는 독서와 기도로 일관하며 평화롭게 살다가 여든일곱 살에 선종했다. 2001년 10월 14일이었다. 수사가 되기 전 그는 선장이었다.

그가 이끌던 배 이름은 메러디스 빅토리Meredith Victory 호였다. 1950년

메러디스 빅토리호 화물칸을 가득 메운 피란민들.

12월 23일 새벽 길이 196미터, 폭 20미터에 불과한 이 7600톤급 화물선은 화물 대신 자그마치 1만4000명을 태우고 흥남 부두를 떠났다. 라루 선장 표현대로 "단테의 「신곡」에 나오는 연옥" 같았다.

침몰하지 않은 게 기적이었다. 배는 12월 25일 아침 800킬로미터 바닷길을 지나 경남 거제도 장승포항에 입항했다. 다친 사람 하나 없었다. 오히려 새 생명이 다섯이나 태어났다. 의무실에서 태어난 첫 아기를 선원들은 김치라고 불렀다.

장승포 하선 직전 스물여덟 된 여자 김재남이 화물칸에서 아들을 낳았다. 여자들이 둘러서서 쳐준 장막 한가운데에서 서정숙이라는 할머니가 앞니로 탯줄을 끊었다. 다섯 번째로 태어난 생명이었다.

선원들은 아이를 김치파이브라 불렀다. 서른일곱 살 된 아버지 이석초는 아들 이름을 경필이라고 지었다. 예순다섯이 된 이경필은 지금, 수의사다. 단 한 번도 장승포를 떠난 적이 없다.

1950년 9월 15일 인천상륙작전이 성공하고 이어 서울이 수복됐다. 한국군 1군단은 10월 10일 원산을 점령했다. 20일 미8군이 평양에 입성했고 이어 미10군단이 동부전선에 투입됐다. 토막 난 북한군은 후퇴하고 있었다. 그리고 중공군이 들이닥쳤다. 전황이 급박하게 돌아갔다.

북한 임시수도인 강계시를 목표로 진군하던 미군은 장진호에서 중공군 제9병단과 맞닥뜨렸다. 7개 사단 12만 명. 아군은 미 해병대 1사단 1만2000명. 한국군 카투사 875명, 미 육군 7사단 일부와 영국 해병대 일부도 함께였다.

영하 30도의 개마고원 강추위가 닥쳤다. 서방 언론은 '사상 최악의 동계 작전'이라고 불렀다. 1만2000명 가운데 4779명이 행방불명, 705명이 전사, 그리고 부상자는 3251명이었다. 도쿄에 있는 총사령부는 해상 철수를 결정했다. 철수 작전지는 흥남이었고, 목적지는 최후방 부산이었다.

장진호 주변에 살던 북한 주민 수만 명도 피란길에 올랐다. 한국인에게야 동포였지만 미군의 군사적 시각으로는 적국민敵國民이었다. 하지만 젖먹이를 들쳐 업고 혹한 속 눈밭 위를 걷는 사람들을 막을 수는 없었다.

흥남부두에 모인 사람은 20만 명이 넘었다. 군 병력 10만 명에 피란민 10만 명, 차량은 1만7000대가 넘었고 군수물자도 35만 톤이나 있었다. 바다에선 유엔군 사령부가 한국과 일본에서 보낸 군용선과 민간 선박 193척이 대기하고 있었다.

철수 대상은 군인과 한국인 군무원, 그리고 북한 정권에 처형당할 우려가 있는 민간인에 한정됐다. 국군 1군단장 김백일은 "유엔군이 거부하면 우리가 육로로라도 민간인을 후퇴 시키겠다"고 했다.

11월 30일 미10군단장 알몬드 장군은 함흥에서 민간 보좌관인 의사 현봉학, 철수작전 실무책임자인 부참모장 에드워드 포니Edward Forney 대령과 면담했다. 현봉학은 "민간인 동행 철수 불가 결정을 철회해 달라"고 강력하게 요청했다.

피란민들은 부두에 접안시킨 목선을 타고 미군 배로 건너갔다.

포니 대령 또한 인도주의를 주장하는 현봉학에 공감했다. 12월 15일 알몬드 장군은 흥남행 열차 문을 개방했다. 새벽 2시 피란민 5000명을 태운 열차가 출발했다. 13킬로미터 거리 흥남역까지 3시간이 걸렸다.

1950년 겨울, 흥남 부두

"보름 있다가 올라오너라."

어미가 며느리에게 말했다. 함흥에서 흥남 구룡리 부잣집 3대 독자 이석초에게 시집온 김재남은 갓 걸음마를 배운 세 살배기 군필을 들쳐 업고 걸음을 옮겼다. 만삭이었다. 남편 석초는 사진가였다. 구룡리에 있는 배둔사진관은 장사도 잘 됐다. 보름만, 이라고 어미와 아들은 생각했다. 카메라를 짊어진 남편과 뱃속과 등에 두 아이가 달린 아내가 부두에 도착했다. 1950년 12월 21일이었다. 바닷바람이 엄청나게 추웠다.

부두는 사람과 군수품이 가득했다. 바이올린만 들고 온 사내, 재봉틀을 머리에 이고 온 여자, 퍼덕대는 닭 한 마리를 끌어안은 계집아이…. 사람들은 차가운 바닷물로 뛰어들어 배를 향해 걸어갔다.

부두 한쪽에서는 병사들이 군수물자에 폭약을 설치하고 있었다. 아수라장이었다. 비행기에서 이 광경을 본 알몬드 장군이 부관 알렉산더 헤이그 대위에게 말했다. "반드시 전원 구출하라." 사람들과 물자를 집

어삼킨 미군 상륙함들은 속속 바다를 향해 돌진해갔다. 작은 목선들은
사람들을 서 있는 채로 태우고서 떠나갔다.

그 즈음 10군단 부참모장 5명이 메러디스 빅토리 호에 올랐다. 메러
디스 빅토리 호는 전날 긴급지시를 받고 부산에서 올라와 앞바다에 정
박 중이었다. 화물칸에는 비행기 연료 300톤이 실려 있었다.

"철수 작전이 시작됐다. 이 배가 마지막 배다. 부탁한다. 민간인들을
태울 수 있는가?"

라루 선장은 당황하지 않았다. 전날 입항할 때 쌍안경 너머 보이던
병아리 같은 아이들 눈동자가 떠올랐다.

"알겠다."

메러디스 빅토리호 갑판을 가득 메운 피란민들.

"몇 명이나?"

"태울 수 있는 데까지."

선장은 옆에 있는 일등 항해사 디노 사바스티오에게 지시했다.

"승선 인원이 1만 명이 되면 보고하라."

화물선인 메러디스 빅토리 호 승선 인원은 12명이었다. 경승용차에 미식축구 선수 열두 명을 넣는 마술을 하겠다는 뜻이었다.

흥남 해상에는 소련과 북한이 뿌려놓은 기뢰 4000개가 깔려 있었고, 민간선박인 배에는 탐지장치가 없었다. 비상시 교신도 불가능했다. 호위함도 없었다. 화물칸에는 기름 300톤이 언제라도 폭발할 준비를 하고 있었다.

타이타닉호의 몇 배를 넘는 역사적인 재난이 터질 수 있었지만 라루 선장과 선원들은 마술, 아니 기적을 택했다. 제2차 세계대전 때 사이판에서 한인 징용자들을 만난 적 있는 사무장 로버트 러니Robert Lunney를 비롯해 모든 선원들이 지시를 따랐다. 러니는 훗날 "촌스럽지만, 우리가 해야 할 일이라고 생각했다"고 했다.

피란민들은 침묵 속에서 "빨리 빨리"를 외치는 병사, 선원들 안내를 따라 배에 올랐다. 작은 배들을 묶어서 만들어놓은 다리를 넘어 속속 화물칸으로 들어갔다. 화물칸은 다섯 칸이었다. 기름 300톤을 실은 맨 아래칸 빈 공간을 시작으로 다섯 칸이 가득 찼다. 갑판도 발 디딜 틈이 없었다.

22일 오후 9시 30분에 시작된 승선 작업은 23일 오전 11시 10분에 끝났다. 하늘은 흐렸고 바다는 고요했다. 대형 조명등이 불을 밝혔다.

중공군 보병부대는 6킬로미터 앞까지 다가왔다. 선원들은 인류사에 남을 미친 짓을 하고 있었다. 라루 선장이 일지를 썼다.

"있을 수 없던 공간이 생겨났음."

배가 출항하고 미군은 부두에 모아놓은 군수품을 폭파했다. 지독하게 추웠다. 화물칸은 숨 막혀 죽을 지경이었고 갑판은 얼어 죽을 지경이었다. 그날 밤 일등항해사 사바스티오가 선장에게 보고했다.

"1만4000명을 태웠는데, 지금 한 명이 늘었다."

의무실을 찾은 사무장 러니는 아기에게 '메러디스 빅토리 김치'라고 이름을 붙여줬다. 24일 부산항에 도착할 때까지 모두 네 아기가 태어났다. 각각 김치2, 3, 4로 명명됐다.

이미 피란민 100만 명을 수용한 부산은 하선이 불가능했다. 라루 선장은 80킬로미터 떨어져 있는 거제도로 배를 돌렸다. 미 해군 수송선 서전트 트루먼 킴부로 호 선장 레이몬드 포세는 장승포로 접근하는 정체불명의 화물선을 목격했다.

"갑판에 까맣고 넓은 고체 덩어리가 실려 있었다. 배가 다가오는데, 다시 보니 사람들이었다. 아무 소리도 내지 않고, 꼿꼿하게 서서 항구를 바라보는 거대한 군중들!"

봄이면 동백꽃이 흐드러지는 지심도와 장승포 등대 사이에 배가 정박했다. 그 거대한 군중 1만4004명이 내리는 사이, 여자들의 장막 속에 또 한 생명이 태어났다. 그가 김치 파이브다. 사망자, 실종자, 부상자 한 명 없고 새 생명 다섯을 얻으며 피란민 1만4000명을 전시戰時에 구출해낸 기적의 항해가 끝났다.

거제도 장승포항을 눈앞에 둔 메러디스 빅토리호.

미국 정부는 '인류 역사상 가장 위대한 구출을 한 기적의 배'라고 했
다. 군인, 민간인 20만 명과 차량 1만7500대, 군수물자 35만 톤을 수
송한 흥남철수작전도 종료됐다. 1950년 12월 25일 크리스마스였다.

이석초 부부는 경필을 안고서 장승포 언덕 위에 움막을 지었다. 보
름이 가고 일 년이 가고 전쟁이 끝났다. 고향은 가지 못했다. 남편은 항
구에 사진관을 차렸다. 이름은 평화사진관이다. 아내는 항구에 상점을
열었다. 평화상회다.

아들 하나와 딸 하나가 더 태어났다. 다른 피란민들이 하나둘 육지
로 떠났지만 이석초는 섬을 지켰다. 아내 김재남은 가난한 지심도 사람

들이 오면 양초와 고무신을 헐값에 주고, 1년 넘은 재고는 그냥 줬다.

아들 경필은 그게 이상했다. 피란민이 주축이 된 혜성고를 나와 경상대 수의학과를 졸업하고 수의사가 됐을 때 "섬으로 돌아오라"던 아버지 말도 이해가 되지 않았다. 윤씨, 옥씨, 신씨 이렇게 3대성이 모여 사는 섬나라에서 피란민이라고 음양으로 괄시도 받지 않았는가.

1975년 ROTC로 제대하고 장승포에 병원을 열었을 때 '평화가축병원'이라 지으라는 말씀에 마침내 물었다. "도대체 왜 이리 집착하시냐"고. 늙어버린 아비가 대답했다.

"아무것도 없는 우리를 받아준 섬이니라. 핏방울 하나 나는 것 없는 우리를 외국인들이 목숨을 걸고 데려다 준 곳이니라. 그 뜻을 갚고, 다시는 전쟁 없이 살라."

그제야 경필은 왜 아버지와 어머니가 「굳세어라 금순아」를 부르지 않고, 지심도 가난한 사람들에게 물건을 내주고, 왜 평화라는 상호를 고집했는지 알게 되었다.

장승포 거리는 이제 초라한 골목으로 변했지만, 이경필이 만든 가축병원은 여전히 그 자리에 있다. 새벽이고 늦은 밤이고 전화가 오면 찾아가 송아지를 받고 주사를 놓는다. 장남 정영은 공군 소령이다. 함께 월남했던 형 군필은 월남전에 참전했다가 고엽제 후유증으로 죽었다.

라루 선장은 1954년 수사로 변신했다. "신의 손길이 키를 잡고 있음을 분명히 느낄 수 있었다"고 했다. 그가 수도원에 은둔한 지 57년이 지난 2001년, 수도원이 재정난으로 폐쇄 위기에 놓였다. 경북 왜관에 있

는 베네딕도회 왜관수도원이 지원
을 결정했다. 왜관수도원은 1949
년 공산 박해를 피해 원산에서 월
남한 수도사들이 만든 수도원이
다. 마리누스 수사는 결정 소식 이
틀 뒤 선종했다.

라루 선장

장례미사에 참석해 흥남철수와
마리누스 신부 이야기를 알게 된
재미사업가 안재철은 사업을 닫고
사단법인 월드피스자유연합을 설
립해, 모든 기록을 남긴 당시 사무
장 러니과 함께 잊힌 기록을 되살렸다. 그 결과 메러디스 빅토리 호는
기네스북에 '단일 선박으로 최다 인원을 구출한 선박'으로 등재됐다.
2005년 김치 파이브 이경필과 러니는 극적으로 재회했다.

고故 현봉학은 12월 21일 흥남에서 철수해 미국으로 건너가 의학자
로 평생을 보냈다. 1군단장 김백일은 전쟁 중 비행기 사고로 순직했
다. 34세였다. 고故 에드워드 포니 대령은 소장으로 예편했다. 증손자
네드 포니는 2015년 현재 서울대 대학원에 유학중이다. 변호사로 활
동 중인 로버트 러니 사무장은 메러디스 빅토리 호의 항해 기록과 자
료를 토대로 단행본 『기적의 항해』를 펴냈다. 실종 미군을 찾아 북한
으로 2차례 파견되기도 했다. 고故 알렉산더 헤이그 대위는 미 국무장
관을 지냈다.

김치1은 북한에 두고 온 친척 신변 안전을 위해 신분 노출을 꺼리며 서울에 살고 있다. 김치2와 3은 미국과 캐나다에 산다고 알려졌다.

메러디스 빅토리 호와 선원 전원은 1960년 6월 24일 미국 정부로부터 '용감한 배Gallant Ship' 훈장을 받았다. 수사가 된 레나드 라루 선장은 수도원장의 엄명으로 그 날 딱 하루 외출해 상을 받았다.

중공군으로부터 만사천 여 생명을 구한 메러디스 빅토리 호는 1993년 고철로 35만 달러에 영국회사에 매각됐다. 선박 분해는 중국 업체가 맡았다.

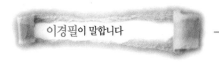
이경필이 말합니다

"나는 화물칸에서 태어나 거제도 소들 병을 고치며 살고 있습니다. 국적, 이념 이야기는 하지 않겠습니다. 분명한 사실은, 그때 갈 곳 없이 서 있는 사람들을 구출하는 사람이 없었다면 제 가족은 물론 이 나라도 없었다는 거지요. 그래서 라루 선장에게 감사하고 포니 대령에게 감사하고 현봉학 박사에게 감사하고 김백일 장군에게 감사합니다.

아버지께서 생전에 그렇게 평화와 감사에 매달리신 이유, 섬을 떠나지 말라는 이유를 잘 알고 있습니다. 고마움을 모르는 사람은 나쁜 사람입니다. 바람은, 제가 태어난 배가 정박한 항구에 작은 기념공원이 있었으면 좋겠습니다. 그 기적과 고마움이 잊히기 전에요."

08

동춘
서커스단과
박세환

08 동춘서커스단과 박세환

TV 시대의 시작

1966년 8월 전자회사 금성사에서 첫 번째 국산 텔레비전을 내놨다. 모델 이름은 VD-191로, '진공관Vacuum' '다리가 달린 탁상형Desktop' '19인치' '첫 번째(1)'를 뜻했다. 값은 6만3510원이었다. 일제는 10만원 정도였다. 그때 쌀 한 가마에 2500원이었다.

고가高價였지만 'TV 무소유 증명서'를 은행에 들고 가서 당첨돼야 살 수 있었다. 경쟁률은 20대1이었고, 할부 구매 경쟁률은 50대1이었다. 전국에 보급된 미제, 일제 텔레비전이 10만대였던 그 해 하반기, VD-191은 1만대가 팔렸다.

6년 뒤 한국방송공사의 전신인 서울중앙방송국이 드라마 「여로旅路」

를 시작했다. 착한 며느리와 악랄한 시어머니와 바보 남편이 벌이는 이야기였다. 바보 영구는 장욱제, 며느리 분이는 태현실이 연기했다. 아이들은 영구 흉내를 내면서 걸어 다녔고 어른들은 텔레비전 앞에 앉아서 바보처럼 울었다. 공식집계는 없지만 시청률은 70%가 넘었다. 첫 방송일은 1972년 4월 3일이었다.

매일 밤 7시 30분 드라마가 시작되면 거리에는 인적이 끊겼고, TV 수상기가 있는 시골 이장 집에는 마을 주민이 모두 모였다. 딱 다섯 달 만에 전국 팔도에서 공연 중이던 15개 곡예단이 망했다. 말 그대로 하루아침에, 쫄딱.

1959년 경주고등학교 1학년이던 박세환에게 서커스 무대는 화려했다. 경주를 찾은 동춘서커스단은 끼 많은 소년에게 꿈의 무대였다. 하얀 스카프를 두르고 조명을 받는 사회자며, 트럼펫을 부는 악사며, 공중그네를 타는 곡예사며 모든 것이 열다섯 먹은 소년에게는 꿈같았다.

만담도 귀신처럼 잘했고, 트럼펫도 귀신처럼 불었고, 공중제비는 더 귀신같았다. "저게 사람이냐!" 잘생긴 얼굴에 밴드부에서 트럼펫도 배우고 노래도 곧잘 하던 터라, 바로 작심했다. '어른이 되면 서커스단에 들어가야지.'

할아버지 박화준은 유학자였다. 박화준에게 화가는 환쟁이였고, 소설가는 글쟁이였고, 사진가는 찍사였으며, 배우는 딴따라였다. 예기藝氣 넘치는 직업은 일체 비루하고 천박하고 해서는 아니 될 짓이었다. 그런데 곡예사라니. 종갓집 장손인 손자 세환은 모범생 흉내를 내며 보안

서커스의 추억은 21세기에도 진행중이다. 가난한 시절 한국인들을 위로했던 서커스는 문명의 이기에 밀려 잊혀 가는 존재가 됐다. 사진은 동춘서커스 곡예 장면과 동춘서커스단의 인기 공연인 공중그네.

을 유지하다가 가출했다. 고등학교 3학년 겨울방학 때였다.

물어물어 수원에 있는 동춘서커스단까지 찾아가니 세환은 똑같은 청운의 꿈을 안고 몰려오는 수많은 어린 재인才人 가운데 하나였을 뿐, 아무도 거들떠보지 않았다. 보름 동안 천막 뒤를 기웃거리며 얼굴을 판 다음에야 사람들이 세환을 불러 오디션을 봤다. 세환은 무대 청소를 하며 석 달을 살았다.

대개 지방 공연 한 달이면 20일째쯤에는 관객이 급감했다. 색소폰 연주자 고하승의 무대도 그랬다. 드디어 차례가 왔다. 박세환이 텅 빈 무대에 올랐다. 관객은 10명 정도였다. 「청춘의 꿈」을 불렀다.

'청춘은 봄이요 봄은 꿈나라 / 언제나 즐거운 노래를 부릅시다~.'

첫 무대, 망했다. 강렬한 조명에 앞은 캄캄했고 몸은 바들바들 떨렸다. 음정이 망가지고 리듬은 폴카에서 트로트로 늘어지더니 '즐거운 노래'는 '죽고 싶은 노래'로 변했다. 다섯째 소절 '가슴은 두근두근 청춘의 꿈'을 부를 때 사회자가 악단 연주를 중단시키고 박세환을 내려보냈다.

무대 뒤에서 시뻘건 얼굴을 가라앉힌 세환은 사흘 뒤 다시 무대에 섰다. 노래도 똑같았고 관객 숫자도 똑같았다. 이번에는 박수가 나왔다. 무대 공포증을 극복하면서 세환이라는 이름은 약하다고 해서 원영으로 바꿨다. 3년 뒤 코미디언 남철의 아내가 세환을 불렀다.

"원영아, 잘 생기고 말을 잘하니 사회를 배워라. 책을 소리 내서 끝까지 읽어라."

라디오 방송에 나오는 송해 말투를 따라 하며 연습했다. 주연배우가 다른 극단으로 가버리자 대타로 무대에 올랐다. 노래면 노래, 사회면 사회, 연기면 연기, 게다가 잘 생기기까지 한 젊은 광대였다.

세환이 인기를 얻자 단장 박동수는 세환을 양아들로 삼고 주저앉혔다. 문화방송 배우로 스카우트됐던 세환은 그 인연에 붙잡혀 한 달 만에 돌아왔다. 그래도 경주에 가면 할아버지가 무서워 무대에 오르지 않았다. 강산이 세 번 바뀔 때까지 할아버지 박화준은 손자가 딴따라인 줄 모르다가 1990년 하늘로 갔다.

1925년 목포, 동춘연예단

1925년 일본 고사쿠라 서커스단 단원 박동수가 조선인 30명을 모아 동춘연예단을 창설했다. 훗날 TV가 생길 때까지 우리네 필부필부匹夫匹婦에겐 서커스가 가장 큰 볼거리였다. 호남에서 활동하던 동춘연예단은 광복 후 분단 전까지 만주까지 돌아다니며 공연했다. 태백·중앙·대우·청광·신국·평화 등 스무 군데 남짓한 서커스단이 생겨나 조선과 만주를 돌아다녔다. 으뜸은 동춘이었고, 라이벌은 신국이었다.

소달구지에 장비를 가득 싣고 마을에 도착하면 풍물대가 먼저 거리로 나갔다. 나팔을 불고 큰북을 치면 꼬마들이 몰려들었다. 천막 틈새를 찢고 들어온 악동들을 색출해낸 뒤 공연은 마술쇼로 시작됐다. 마술과 공중곡예, 동물 공연 한 시간이 끝나면 신파극 「어머니 울지 마세요」 「안개 낀 목포항」 「원한 맺힌 두 남매」를 공연했다.

국악 공연에 이어 캉캉과 차차차, 코미디가 무대에 올라 사람들을 웃기고 나면 세 시간짜리 공연이 마무리됐다. 기똥찬 라이브쇼에 아이부터 노인까지 박수갈채를 보냈다. 피날레 무대에는 구봉서, 서영춘, 배삼룡, 남철과 남성남, 허장강, 이봉조, 정훈희, 장항선, 곽규석이 나와 인사했다. 국악 공연을 했던 이은관은 훗날 서도소리 배뱅이굿으로 중요무형문화재 예능보유자가 되었다. 기분 좋으면 세 시간 공연이 네 시간으로 늘어나기도 했다.

열두 시 넘어서 잠자리에 든 뒤 아침에 양치질을 하러 천막 밖으로 나가 보면 서커스단 앞이 하얬다. 그 이른 아침부터 노인네들이 줄을

서 있으니 옷도 하얬고 머리도 하얬고, 여자들이 고구마랑 막걸리 싸들고 와서 돗자리 펴고 놀고 있으니 땅도 하얬다. 그뿐인가. 밤이면 사람들은 하얀 나들이옷을 입고서 등불을 들고 들판을 걸어서 공연장으로 왔다. 가족과 한 번 오고, 다음에는 사돈과, 다음에는 먼 친척과, 마지막으로는 친구들과 이렇게 네 번씩 서커스를 보러 왔다. 100퍼센트 현금 장사에 워낙에 장사가 잘 됐던지라 돈 없는 사람은 공짜로 들여보내기도 했다. 박세환은 기억한다. "지폐를 세는데, 세다 세다 못 해서 나중에는 500장짜리 다발을 하나 만들어놓고 그걸 기준으로 무게로 돈을 쟀다"고.

돈 욕심에 기웃거리던 마을 건달들은 고난도 교예로 몸을 다진 단원들한테 무참하게 혼이 났다. 아예 지방 검사가 미리 건달들을 체포해두고, 형사들이 매표소를 지킨 곳도 있었다. 법法보다는 주먹이 가깝고, 주먹보다는 의리와 '융통성'이 앞서던 시절이었다.

나중에 박세환이 단장이 되었을 때 또 건달들이 찾아왔다. 공중그네를 타는 여자 단원 네 명이 '마중'을 나갔다. 건달 네 명은 말도 못 하게 두들겨 맞고서 무릎을 꿇고 여자들 앞에서 싹싹 빌었다. 그날을 떠올리며 피식피식 웃던 박세환이 정색을 했다.

"목숨을 걸고 그네를 타는 사람들이다. 한마디로 '초인超人'이라고 보면 맞다."

그렇다. 곡예사들은 목숨을 걸고 그네를 탔고, 사람들은 목숨을 건 그들의 쇼를 보며 고단함과 무료함과 빈한함을 잊었다.

1970년대 초까지 동춘서커스단은 단원이 250명을 넘었다. 코끼리

동춘서커스단의 인기 공연인 공중그네.

부터 원숭이까지 동물도 창경원 다음으로 많았다. 인도코끼리 제니가 하모니카를 불면 어김없이 박수가 터졌다. 귀신이 곡할 만큼 기막힌 교예 솜씨에 "아이들을 납치해 식초를 먹여서 뼈를 흐물흐물하게 만들어 그네를 태운다"는 괴담도 늘 따라다녔지만 사람들은 개의치 않고 천막 극장을 찾았고, 단원들은 허공으로 몸을 날렸다.

그러다 한 달 공연이 끝나면 단원들은 천막을 철거하고 소달구지에 장비를 싣고 다음 마을로 떠났다. 한 달 동안 마을에서는 많은 사랑이 맺어지고, 많은 사랑이 기약 없는 이별을 했다. 사람들은 곡예를 사랑했지 유랑하는 곡예사를 사랑한 것은 아니었다.

서커스단은 대개 100리(40킬로미터) 안팎의 도시를 골라서 공연장을 옮겨다니며 봄 공연으로 여름 장마를 넘기고, 가을에 억척같이 공연해서 겨울 한파를 넘기곤 했다. 사흘만 쉬어도 몸이 풀어지니 한겨울에

관객이 없어도 공연은 해야 했다. 그런데 망할 놈의 TV가 탄생하더니 마침내 드라마 「여로旅路」가 천막 지붕을 찢고 터진 것이다.

드라마 「여로」와 서커스의 종언終焉

조짐은 새마을운동이었다. 1970년 새마을운동이 시작되면서 사람들은 새벽종이 울리자마자 너도나도 일어나 새마을을 가꿨다. 굳이 대통령 박정희가 만든 새마을운동 노래 가사를 들먹일 필요도 없다. 무능해서가 아니라 할 일이 없어서 집에 있던 사람들이 실제로 한 일이 초가집도 없애고 마을길도 넓히는 작업이었으니까.

지금은 향수 아련한 초가집을 왜 없앴으며 추억 많은 고샅은 왜 시멘트로 발라버렸느냐고 비난하지만 초가지붕 위로는 가난이 줄줄 샜고 고샅에 소들이 갈긴 똥 더미에 미끄러지면 아이들은 그 끈적끈적한 가난에 코를 박아야 했다. 사람들이 얼마나 새마을 만들기에 매달렸느냐, 바로 그 재미난 곡예단 낮 공연에 올 짬이 없을 만큼 바빴다.

그러다 2년 뒤 「여로」가 대한민국의 밤을 평정해버린 것이다. 서커스 공연 시작은 7시였는데 여로 시작은 7시 30분이었다. 90회로 예정됐던 「여로」는 전국 며느리들 성화에 180회로 연장됐다. 첫 방송 다섯 달 만에 동춘서커스단은 관객 없는 밤을 맞았다. 47년 역사상 전무후무한 일이었다.

이듬해 박종구라는 기획자가 태현실과 장욱제를 출연시켜 「여로 쇼」

라는 순회공연을 만들어 히트를 쳤지만 거기까지였다. 한번 TV 맛을 본 사람들은 더 이상 쇼를 찾지 않았다. 서커스 스타들은 대거 방송국으로 몰려갔다. 서영춘과 구봉서와 배삼룡은 「웃으면 복이 와요」에서 전 국민을 상대로 쇼를 공연했다.

1975년 박세환도 동춘을 떠나 부산 깡통시장에 있는 대아극장 선전부장으로 이직했다. "나 완월동 만득인데, 영화표 한 장만" 하고 허세 부리는 깡통시장 건달들을 적당히 만져주며 군기도 잡고, 타월과 칫솔 치약 도매로 큰돈도 만졌다.

1978년, 양아버지 박동수의 셋째 아들 박영조가 운영하던 동춘서커스단 천막 극장이 무너졌다. 버틸 힘을 상실한 박영조는 동춘을 매물로 내놨다. 세환은 홀린 듯 있는 돈을 다 그러모아서 동춘을 샀다. 사명감이 절반이었다.

"국악, 연극, 가요, 쇼가 서커스단 무대에서 싹텄다. 아무리 생각해도 이거 없어지면 문제라고 생각했다."

절반은 자신감이었다.

"대한민국에서 동춘 만큼 알찬 공연이 없으니까."

무너진 천막에 찾아가니 코끼리 제니가 세환을 알아보고선 뿌억뿌억 하고 울어댔다. 2년 뒤 제니는 보온용으로 깔아놓은 농약투성이 볏짚을 포식하고 죽었다. 그런데 가끔 박세환은 생각한다. '그때 마음 굳게 먹고 장사 계속했으면 재벌 됐을 텐데, 괜히….'

제니가 죽은 그 해 연말 컬러TV 방송이 시작됐다. 지방에서는 아직 동춘 이름발이 먹혔지만 예전과 비교할 수는 없었다. 동물 학대라는 소리에 동물 쇼도 못하게 되었고, 단원들도 급감했다.

아내 신경옥은 고등학교 동창회에서 돈을 꿨고, 아파트는 여러 번 급전 담보로 들어갔다. 1997년에는 IMF 외환 위기가, 2003년에는 태풍 매미가 장비 수십억 원어치를 말아먹었다. 그럴 때마다 사명감은 증가했고 자신감은 감소했다.

2009년 신종플루가 대한민국을 휩쓸었다. 운영 자금이 바닥났다. 방도가 없었다. 박세환은 인터넷 홈페이지와 포털 사이트에 부고장訃告狀을 올렸다.

'동춘서커스, 문 닫습니다.'

삽시간에 대한민국의 추억이 부활했다. 8만 명이 찾아와 홈페이지

21세기 동춘서커스 공연 장면. 단원 가운데 절반 이상이 중국인이다.

가 마비됐다. 당시 문화부장관이던 유인촌에게 온라인 협박장이 난무
했다. '당신을 무인촌으로 만들어버리겠다.' 그 해 겨울, 밀려오는 관객
덕에 박세환은 빚 8억 원을 다 갚았다. 정부는 동춘서커스단을 사회적
기업으로 선정해 지원을 받게 했다. 부고장은 철회됐다. 2015년 동춘
서커스단은 창단 90주년을 맞았다.

지금 동춘서커스단은 경기도 안산 대부도 상설 공연장에서 공연한
다. 단원 45명 가운데 60퍼센트가 중국인이다. 주말에는 관객이 400
명을 넘는다. 주중에는 지방으로 초청 공연을 다닌다. 2015년 여름 서
울 석촌호수 2000석짜리 공연에는 관객이 4000명이 넘었다.

할아버지 몰래 흘러든 광대 인생. 한때 상실했던 자신감은 사명감만
큼 커졌다. 그래서 '늙은 현역 광대' 박세환은 가끔 생각한다. '청춘은
즐거웠고 중년은 버거웠으되 지금은 행복하노라.'

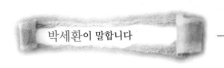
박세환이 말합니다

"대부도 공연장 매표소에서 어떤 중년 여자 분이 친구에게 전화를 겁니다. '야, 1만5000
원이면 동춘서커스 보는데, 얼른 와라.' 그런 분들 덕에 지금까지 왔습니다. 가난하던 그 때를
기억해주는 분들이 많습니다. 죽어가던 동춘을 살려준 분들이 고맙습니다.

사라졌던 자신감도 다시 생겨나고, 더 새로운 프로그램 만들려는 의지도 생겼습니다. '태
양의 서커스'라는 세계적인 서커스도 노력하면 만들 자신이 있습니다. 누군가 묻습니다. 후
회는 없냐고. 없습니다. 광대로 죽을 겁니다."

09

파독 광부와
간호사,
최회석과
정옥련 부부

09 파독 광부와 간호사, 최회석과 정옥련 부부

"우리 결혼합시다."

1972년 초, 서울에서 9000킬로미터 떨어진 서독 바덴 뷔르템베르크 주 알렌Aalen 시에서 스물네 살 먹은 사내 최회석이 말했다. 동갑내기 정옥련이 대답했다.

"그러시죠."

시간이 별로 걸리지 않았다. 사내는 전북 김제에서, 여자는 경북 경주에서 나고 자랐다. 사내는 광부였고 여자는 간호사였다. 사내는 베스트팔렌주 카스트로롭-라욱셀시㎖ 에린Erin 탄광에서 일했다. 알렌 시에서 북쪽으로 461킬로미터 떨어져 있었다. 대한민국 땅에서는 옷깃 한 번 스치는 인연도 없던 청춘남녀가 그렇게 결혼을 약속했다.

그 해 4월 1일 여자가 일하는 알렌 시립병원 구내식당에서 약혼식을 올리고서 두 사람은 각각 집으로 전화를 걸었다.

"아버지 나 약혼했고, 이제 결혼하요. 경주 여자요."

"엄마, 나 결혼한다. 김제 남자다."

"뭐, 경상도 간호원?"

"뭐, 전라도 광부?"

1972년 그 봄날 두 집안이 뒤집혔다.

계란 노른자 30개를 삼키다

1963년 크리스마스를 이틀 앞두고 신사복 차려입은 사내 123명이 김포공항을 떠났다. 이발료 40원에 20원 더 얹어서 포마드 기름 바른 2:8 가르마 머리에 두터운 코트를 입은 똑같은 모습으로 사내들은 트랩에 올라 에어프랑스 항공기를 탔다.

일본 도쿄에서 비행기를 갈아탄 사람들은 미국 알래스카 앵커리지를 거쳐 서독 뒤셀도르프에 도착했다. 도착한 다음날 신사복은 옷장 속으로 들어갔다. 작업복이 지급됐고 안전모와 장갑이 지급됐다. 이들은 광부다.

서독 광산에는 이미 터키, 그리스, 일본 광부들이 일을 하고 있었다. 한창 부흥하는 경제를 구가 중인 서독은 밑바닥 노동을 떠맡을 외국인이 더 많이 필요했다.

에어프랑스를 탄 신사들은 광부가 부족한 서독 정부와 일자리와 외

1963년 12월 23일 서독으로 떠나는 파독 광부 1진.

화가 부족한 대한민국 정부가 합의한 파독 광부 1진들이다. 광부 생활을 하다 온 사람도 있었지만, 대부분 도시에 사는 고졸 이상 고학력자들이었다. 연탄은 알아도 석탄은 모르는 사람들이었다.

1진 출국을 석 달 앞두고 이상한 소문이 돌았다. 독일 탄광 800미터 지하에 수도꼭지가 있는데, 홍차가 나온다는 것이다. 숙소는 호텔 부럽지 않고 마음씨 곱기로 이름난 라인강변 미녀들이 점잖은 동양인의 미덕과 배짱에 안 넘어갈 재간이 없다는 것이다. 서너 달이 지나면 주머니도 부풀고 맥주 살도 부풀어 간덩이가 부어서 댄스홀에서 여자를 낚기도 한다는 것이다. 신문에도 난 구체적인 이야기라 뜬소문이라 치부하기 힘들었다.

도착하자마자 이 후진국에서 온 청춘들한테서 회충이 발견됐다. 습하고 더운 공간에서 회충은 급속도로 퍼져나간다고 생각했던 서독 노동당국은 이들을 격리시키고 영국에서 공수한 회충약을 복용시켰다. 정식 작업은 해를 넘겨 5월에 시작됐다. 그 사이에 한국 광부들은 독일어를 배웠고, 작업 장비 사용법을 배웠다.

계약 기간 3년 내내 사람들은 교육 기간 동안 배운 첫 독일어 '글뤽 아우프'를 입에 달고 살았다. 글뤽(Glu〉〉〉 독일 알파벳 u움라우트.ck)은

이국(異國) 땅 지하에서 대한민국 사내들이 돈을 벌었다. 한창 빛나야 할 젊은 날, 덥고 어두운 막장에서 사람들은 탄가루를 마셨다.

'행운', 아우프Auf는 '위로'라는 뜻이다. 탄광사람들이 갱도로 들어가며 서로에게 던지는 인사말이다.

작업 첫날은 지옥이었다. '글뤽 아우프' 인사와 함께 엘리베이터가 순식간에 1100미터 아래로 내려갔다. 탄 분쇄기가 뿜어내는 탄가루에 앞이 캄캄했다. 숨이 막혔다. 홍차가 흐르는 수도꼭지는 없었다. 탄광 생활이 익숙해지고, 그만큼 고달파지면서 '글뤽 아우프'는 그저 '아우프'로 바뀌었다. 천국이고 나발이고, 행운이고 불행이고 집어치우고 그저 올라만 가고 싶다는 뜻이었다. 1977년까지 모두 7936명이 그랬다.

김제 청년 최회석은 그 7936명 가운데 한 명이었다. 국민학교 교장

선생님인 아버지 슬하 6남매 가운데 다섯째였다. 사람은 착한데 사고 뭉치였던 동생을 보다 못한 큰 형이 "군대나 가라"고 해서 입대했다. 김신조부대 덕택에 넉 달 연장 근무하고 제대하니 "서독에나 가라"고 해서 광부로 지원했다.

몸무게가 합격선인 61킬로그램이 조금 못 미치자, 역시 형님 충고에 계란 노른자 30개랑 우유를 마시고 겨우 통과했다. 서독 생활에 대해 익히 들어놓은 터라 두려움도 환상도 없었다. 그저 "해본 적 없는 효도, 돈 왕창 벌어서 해드리겠다"고 큰소리치고 김포공항으로 갔다. 1970년 10월 12일이었다.

효도, 원 없이 해드렸다. 나이 스물두 살 때부터 4만5000원 받는 교장 월급 세 배 되는 돈을 꼬박꼬박 부쳐드렸고, 생각도 않던 손자 손녀까지 덜컥 안겨드렸고, 평생 관사를 떠돌던 아버지 환갑 선물로 김제읍 내에 서른 평짜리 집까지 사드렸으니. 첫 송금 12만 원을 받고 말없이 우는 아버지 앞에서 큰 형님이 말했다. "우리 가문 최고의 사고뭉치가 효도 하나는 제일 잘했다"고.

1960년대 대한민국은 남자보다 여자에게 더 가혹했다. 현모양처가 되거나 식모가 되거나 공순이가 되거나 버스 안내양이 되거나. 고학력 여자들에게도 일자리는 드물었다. 그런 대한민국 여자들에게 서독에서 일자리를 내밀었다. 1965년 독일에 있던 한국인 의사 이수길, 이종수가 한국인 간호사 18명을 데려갔다.

이후 해외개발공사가 독일병원협회와 계약을 맺고 본격적인 송출

1966년 김포공항을 통해 서독으로 떠나는 간호사, 간호조무사들.

사업을 시작했다. 1968년 서독 경기 침체로 89명으로 준 적도 있었지만 매년 1500명 정도로 1977년까지 모두 1만371명이 서독으로 갔다. 간호사 1명에 간호조무사 5명꼴이었다. 모두 3년 계약이었고 재계약도 가능했다.

광부로 떠난 사내들에 비해 학력도 높았다. 여자들도 꿈을 꾸었다. 가난한 나라를 벗어나 돈을 많이 벌고, 신문물을 경험하리라. 스무 살을 갓 넘긴 어린 여자들이 서독 전역 450군데 병원으로 흩어져 환자를 돌봤다.

정옥련은 대학을 졸업하고 병원에서 일하다가 후배와 함께 서독으로 갔다. 그녀가 받던 월급이 2만 원인데 서독에서는 600마르크, 그때

대부분 20대 초반인 간호사와 간호조무사들은 서독 전역 병원에 흩어져 환자를 돌봤다. 환자들은 억척스러우면서도 제대로 일했던 한국 간호사, 조무사들을 좋아했다.

환율로 5만4000원을 받는다고 했다. 앞뒤 재지 않고 원서를 쓰는 이 7남매 중 막내딸에게 엄마가 말했다.

"시집 가라."

딸이 말했다.

"듣기 싫다, 엄마. 나 갈란다, 무조건 갈란다."

모범생으로 자란 당찬 딸이었다. 말리지 못했다. 엄마는 몸조심하고 꼬박꼬박 편지하겠다는 다짐을 받고 딸을 보냈다.

1971년 7월 31일 정옥련이 서독에 도착했다. 자기가 김제 사는 교장 선생님한테 효부가 될 줄은 꿈에도 몰랐다. 대신 꿈을 꾸었다. 부유한 신여성이 되는 꿈을 꾸었다.

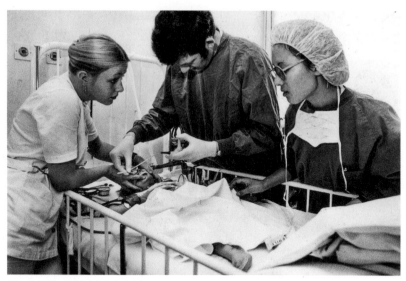
한국 여자들은 요양원에서 수술실까지 다양한 의료분야에서 일했다.

도착한 다음날 옥련은 알렌시 시립병원 산부인과 수술실에 배치됐다. "반드시 한국인 간호사를 보내달라"고 시청에 강력하게 요청해놓은 병원이었다. 한국 간호사를 써본 병원들은 죽으라고 일하되 일 하나는 깔끔하게 잘하는 한국인을 높게 평가하고 있었다.

막장에서 고생하던 회석이 두 번째 성탄절을 맞았다. 말도 제법 하고 독일 물정도 알게 된 그 무렵, 신참 동료를 따라 알렌으로 놀러갔다. 동료의 여동생이 간호조무사로 일한다고 했다. 500킬로미터를 남하했다. 오랜만에 남이 해주는 밥도 얻어먹고 바바리코트 입고서 병원 뒤 숲에 놀러도 갔다.

거기에서 정옥련을 만났다. 스물세 살짜리 청년이 1년 만에 처음으로 한국말을 하는 동갑내기 예쁜 여자를 만나 밥 한 끼 얻어먹고 기약 없이 작별했으니, 운전이 될 리 만무했다. 다음날 탄광으로 돌아가는 폴크스바겐 승용차는 휴게소만 보이면 깜빡이를 켜며 멈췄고 회석은 공중전화 박스로 달려가 전화를 걸었다. 더 이상 휴게소가 없을 때까지 전화질은 계속됐다. 회석은 수시로 연애편지를 써대며 자기가 사는 곳으로 놀러오라고 부탁했다.

해가 바뀌고 옥련과 회석은 도르트문트 역에서 재회했다. 기대도 않던 인연이 사랑으로 바뀌었다. 소문이 알렌 시립병원에 급속도로 퍼져 나갔다. 넉 달 만에 남자와 여자는 알렌시립병원 식당에서 만인의 축복을 받으며 약혼식을 올렸다. 하필 만우절이었다. 그날 지구 반대쪽 서로 260킬로미터 떨어진 김제와 경주 양가집에서는 9000킬로미터 서쪽에서 걸려온 전화 한 통에 난리가 났다.

"경상도 여자는 음식 솜씨가 없으니 결사반대다." "니가 좋다 카이 할 수 없지만, 그래도⋯."

경상도 양반과 전라도 양반 사이에 기 싸움이 벌어졌다. 신랑신부 없이 마련된 상견례 자리에서 남자 집은 여자 집에 여자가 입던 한복 한 벌을 요구했다. 미래의 시어머니는 마을 뒷산으로 올라가 한복을 훨훨 태웠다. 다가올 불상사들을 액땜한다고 했다. 스물네 살짜리 동갑내기들은 이듬해 4월 7일 사내가 일하던 에린 광산 한 호텔에서 결혼식을 올렸다.

지혜로운 시어미 덕이었을까, 어리디 어린 광부 신랑과 간호사 신부는 무탈하게 막장과 수술실에서 돈을 벌었고, 두 아이를 낳았으며, 파파 할머니 할아버지가 된 지금은 "젊은 날 대단히 멋진 경험을 했노라"
고 말한다. 대단히 멋진 경험뿐이었을까.

"Tod죽음! Tod죽음!"

두 사람이 알렌시에서 연애를 하던 1971년 성탄 시즌, 카스트롭-라
욱셀에 있는 빅토르 이케른 탄광에서는 한국인 집단 사형私刑 사건이 터
졌다. 상습적으로 카메라와 와이셔츠와 스타킹과 믹서와 벽시계와 양
산을 훔치다 걸린 20대 한국인 광부에게 동료 한국인 200여 명이 자살
을 강요한 것이다. 광부들은 절도범을 포승줄로 묶고서 "투신해서 속
죄하라"고 외치며 도르트문트 엠젤 운하를 향해 3열종대로 행진했다.
　경찰은 헬기에 기관총까지 동원해 사건을 진압했다. 주동자들은 추
방되거나 자발적으로 귀국했다. 그 전날 한국에서 터진 대연각호텔 화
재에 가뜩이나 열등감에 사로잡힌 한국인들이 벌인 사건이었다. 가난
탓에 이국에서 고생하는 울분이 그날 폭발했다. 그들이 하는 고생은
'대단히 멋진 경험'과는 거리가 멀었다.
　3교대 8시간 근무로는 부모 속 썩인 보상이 모자랐기에, 회석은 하
루 두 번 지옥으로 내려갔다. 교대시간을 제외하고 14시간씩 지옥에
머물렀다. 결원이 생기면 무조건 그 자리를 메웠다. 다 돈이었으니까.
뭐든 불편하고 위험하면 무조건 지원했다. 저층 갱도일수록 수당이 높
았다. 지열이 42도가 넘었지만 석탄 조각이 몸에 박힐까봐 작업복은

벗을 수 없었다. 물은 마시는 족족 땀으로 증발해 오줌도 나오지 않았다.

잠깐 장비 가지러 입구까지 갔다 와 보면 천정이 무너져 있고, 바위 더미 사이로 동료 장화가 보였다. 그럴 때면 회석은 비상전화로 달려가 "Tod(죽음)! Tod(죽음)!"라고 고함을 질렀다. 3년 동안 세 번이나 고함을 질렀다.

1미터라도 더 갱도를 뚫으면 나오는 성과급 받겠다고 드릴을 박아대는 사람들은 대개 한국인이었다. "그 망치로 내 손톱 한번 쳐 달라"고 하는 사람도 있었다. 공상公傷 처리가 돼서 돈도 나오고 쉴 수도 있었으니까. 아침에 밥을 해먹으려면 손가락을 10분 이상 주물러야 손이 펴졌다.

40년 세월이 흐르고 나서 "김치만 있으면 밥 먹을 만했고, 돈을 생각하면 그런 고생은 고생도 아니었다"고 회석은 말한다. 남 마음 편케 하려는 거짓말이라는 거, 다 안다.

요양원에 배치된 여자들은 심신이 망가졌다. 노인들 불쌍해서 마음이 망가지고, 그 불쌍하고 덩치 큰 노인들 대소변 받고 돌려 눕히느라 몸이 망가졌다. 외과병동에서는 덩치 큰 환자들 돌보느라 몸이 힘들었고, 소아과나 내과 같은 곳에 가면 말이 안 통해 힘이 들었다. 몸을 많이 써야 하는 간호조무사들은 남자들만큼 힘든 노동에 몸살을 앓았다.

야근도 자청하고 쉬는 날에는 다른 병원도 다니며 번 돈은 몽땅 집으로 송금했다. 쉬는 날이면 노천카페에서 커피 한 잔 사서 숲을 산책하거나 아니면 친구들과 방에서 수다를 떨었다. 돈 쓸 일이 없었다. 알

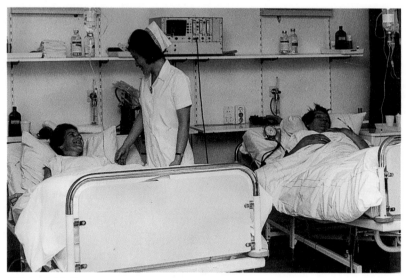

억척같고 성실한 한국 간호사와 간호조무사들은 서독 병원에서 큰 인기였다.

렌 병원생활 1년이 채 못 돼 오빠가 결혼한다기에 옥련이 은행에 가서 1만 마르크를 부치니 깜짝 놀란 행원이 통장을 몇 번씩 재확인을 하며 물었다.

"아니, 네가 이 큰 돈을? 1년도 안 됐는데?"

그렇듯 '대단히 멋진 경험'은 의무감 가득한 남자의 자존심과 당차고 맵싸한 여자의 인내심으로 구성돼 있었다.

3년 계약이 끝났다. 귀국한 동료도 있었고 서독에 남은 동료도 있었다. 최회석 부부처럼 서로 만나 결혼한 사람도 있었다. 회석은 옥련의 선배 언니 남편이 주선해 렌즈회사에 취직했다. 칼짜이스다. 월급도 올랐고 몸도 편해졌다. 수술실에 근무하던 옥련은 맘씨 착한 환자 폰 짐 보스키 부부가 예쁘게 보고 수양딸로 삼았다.

1976년 5월 20일 아들 남우가 태어났다. 근무시간을 엇갈리게 조정해 남우를 키우던 부부는 2년 뒤 6월 9일 딸 남희가 태어나면서 귀국을 결정했다. 시간 조절로 해결될 살림이 아니었다. 1979년 최회석은 아들 남우를 데리고 귀국했다. 이듬해 봄 정옥련은 딸 남희를 안고 귀국했다.

부부는 서울에서 안경점을 운영하다가 성남에 다세대주택을 지었다. 아이들이 다 큰 다음에야 "아비가 광부였노라"고 털어놓았다. 대단히 멋진 경험이었지만 너무나도 지독한 고생담. 그래서 자랑하기에는 쑥스러운 경험이었다.

대단하고 쑥스러운 그 경험을 통해 청춘남녀들이 송금한 돈은 미국 돈으로 1억 달러가 넘었고, 그 사이에 공식적으로 29명의 사내가 탄광 사고로 목숨을 잃었다. 최회석이 일했던 에린 광산은 1984년 폐쇄됐다.

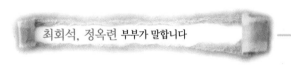

최회석, 정옥련 부부가 말합니다

"일찍 사랑을 만나서 외롭지 않았습니다. 편지에는 '돈 잘 벌고 잘 먹고 산다'고 했습니다. 힘들어 못 살겠다는 소리는 차마 쓰지 못했습니다. 그 때 그 누가 악착같지 않았으며 그 누가 호강했다고 할까요. 다들 그랬으니까요. 오히려 우리는 어린 나이에 선진국에서 아들 딸 키우며 재미나게 살았습니다.

그게 고생이었고 외로움이었고 서글픔이라 하는데, 세월이 흘러 지금 보니 다 추억입니다. 정말이지, '찐하게' 살았고, 주제 파악 잘 하고 산 것 같습니다. 힘들었지만 즐거웠습니다. 늙은 우리가, 젊었던 그때 우리에게 고맙습니다."

대한국인大韓國人,
우리들의 이야기

10

중동 신화와
김철빈

10 중동 신화와 김철빈

공군 장교 김철빈과 발리의 꿈

1975년 9월 30일 사관후보생 62기 공군장교 김철빈이 전역했다. 혈기왕성한 스물여덟 살 청년이었다. 건설업 해외 진출이 막 시작된 때라 토목을 전공한 장교 출신 수요가 폭증하던 때였다. 취직자리는 있었다. 철빈은 인도네시아 발리에 진출하려던 대림산업이 전역하기도 전에 일찌감치 예약해둔 터였다. 철빈은 야자수 아래 은빛 백사장에서 일광욕을 하는 꿈을 꿨다.

그런데 발리 공사 수주가 불발이 되고, 이듬해 6월 대림산업이 40만 킬로와트짜리 발전기가 두 개 있는 사우디아라비아 가즐란 화력발전소 공사를 따낸 것이다. 김철빈은 선발대 팀장으로 발령이 났다. 첫 해외여행이 사막? 꿈은 일장춘몽一場春夢이 됐다. 두 달 뒤 회의실에 집합한 선발대원 70명 앞에서 인솔자가 소개됐다.

"김철빈 과장은 사우디아라비아를 세 번이나 다녀오신 대단한 중동 전문가시며…"

철빈 얼굴이 벌겋게 달아올랐다. 듣고 있던 콘크리트 박과 철근 김이 노련하게 웃었다. '에라, 저 어린 놈이?' 국내는 물론 월남전까지 날아가 콘크리트와 철근 작업을 해온 사내들은 팀장 권위를 세워주려는 새빨간 거짓말에 속지 않았다.

홍콩을 거쳐 바레인에 도착해 3박4일에 걸쳐 작은 비행기로 대원들을 사우디로 보냈다. 마지막 비행기에 올라타 한참을 기다리니 항공사

김철빈이 탄 버스가 사막 한가운데에서 멈췄다. 낙타 옆에서 기념사진을 찍고 나니, 그곳이 공사현장이라는 것이다.

직원이 올라타서는 이렇게 통고하는 것이었다.

"예약이 초과됐으니 한국인은 다 내려라."

그 자리는 두건을 둘러쓴 아랍인들이 차지했다. 내 돈 내고 탄 비행기인데 왜? 무조건 서러웠다.

담맘에 모인 대원들은 버스를 타고 가즐란으로 갔다. 시속 30킬로미터 정도로 느릿느릿 버스가 달리다가 2시간 뒤 잠시 멈췄다. 김철빈은 풀을 뜯고 있는 외봉낙타 가족 옆에서 폴라로이드 카메라로 기념사진을 찍었다. 태어나서 지평선은 처음 보았다.

그런데 거기였다. 거기가 공사 현장이라는 것이다. 이 모래더미 한가운데에 발전소를 지어야 한다는 것이다. 1976년 8월이었다. 망연자실한 사람들은 바지 속이 불이 붙은 것처럼 뜨거웠다. 어거지 중동 전문가 김철빈은 속이 활활 타들어갔다.

1973년 10월 6일 제4차 중동전쟁이 터졌다. 이집트와 시리아가 주축이 된 아랍연합군과 이스라엘 사이에 벌어진 이 전쟁은 이스라엘이 승리했다. 종전이 선언되기 닷새 전인 10월 17일, 아랍 산유국들이 일제히 석유 금수 조치를 선언했다. 두 달이 지난 12월 12일 이란 왕 팔래비가 《뉴욕타임스》 기자에게 말했다.

"유가 상승? 당연하지!(기사에 느낌표가 있었다) 당신네들은 밀가루 가격을 세 배 올리지 않았나. 우리 원유를 사서는 정제해서 값을 수백 배 올려 팔아먹고. 이제 기름을 사려면 당신들은 돈을 더 내야 한다. 그래야 공평하다. 한 열 배쯤?"

그 해 1월 배럴당 3달러 선이던 원유 가격은 크리스마스 무렵 12달러로 400퍼센트 상승했다. 제2차 세계대전 이후 성장을 구가하던 서방세계는 혼란에 빠졌다. 중화학공업을 육성 중이던 대한민국은 난리가 났다.

1973년 3억519만 달러였던 석유 수입 비용이 1년 만에 11억78만 달러로 폭증했다. 외환보유고는 3000만 달러가 줄었고, 소비자 물가는 24.3퍼센트, 생산자 물가는 무려 42.1퍼센트 폭등했다. 경상수지 적자는 3억1000만 달러에서 20억2000만 달러로 아폴로 우주선처럼 치솟았다.

오일쇼크 어퍼컷 한 방에 대한민국은 그로기에 빠졌다. 고도성장에 의존하고 있던 박정희 정부도 위기였다. 발상의 전환이 필요했다. 세계는 위기지만, 중동은 돈벼락을 맞지 않았는가.

말이 생기면 견마牽馬를 잡히고 편안하게 다니고 싶은 법이다. 중동이 그러했다. 모래바람을 견딜 빌딩이 필요했고, 도로가 필요했고, 지열을 막아줄 에어컨이 필요했고, 에어컨을 돌릴 발전소가 필요했다. 그런데 토목이며 건설을 할 능력과 인력은 없으니 이건 먼저 줍는 사람이 임자인 돈의 바다였다.

일본이 맨 먼저 그 시장을 봤고, 중동을 노리는 일본을 한국에 있는 공무원, 대통령 박정희가 '국보國寶'라고 부르던 경제2수석 오원철이 눈치 챘다. 오원철의 건의에 대통령은 기업계에 중동 진출을 강력하게 요청했다. 월남에서 철수한 인력과 장비가 쌓여 있던 기업들은 말 그대로 사막에서 오아시스를 만난 듯 두 손을 번쩍번쩍 들었다. 한국은 다른 나라보다 먼저 중동으로 진출했다.

1973년 12월 1일 삼환기업이 사우디아라비아의 알울라~카이바르 164킬로미터 고속도로 공사를 따냈다. 1974년 2억6000만 달러를 수주한 한국 기업은 1975년 226.3퍼센트 늘어난 8억5000만 달러어치를 수주했다. 1976년 현대건설이 수주한 사우디아라비아 주베일 항만 공사는 9억5800만 달러로 대한민국 예산의 25퍼센트였다. 그 해 6월 계약 선수금 2억 달러가 입금되고서 외환은행장이 현대건설 회장 정주영에게 전화를 걸었다.

"덕분에 오늘 건국 이후 최고의 외환보유고를 기록했다."

1983년 동아건설이 수주한 리비아 대수로공사는 39억 달러짜리였다. 6년 뒤 2차 공사는 55억5000만 달러였다. 중동 진출은, 신화神話였다. 노동자들은 사막으로 강림降臨한 신들이었다.

급級이 다른 한국인들

도착 일주일만인 1976년 광복절, 가즐란 사막 위에 발전소 공사가 시작됐다. 사우디 최초요 중동지역 최대 규모 화력발전소였다. 70명으로 출발한 현장 인력은 1000명으로 늘었다. 식당도 짓고 숙소도 짓고 새마을회관도 만들었다. 마을 하나가 사막 한가운데에 생겨났다. 무늬만 전문가였던 김철빈도 진짜 전문가가 되어갔다. 함께 일했던 미국 벡텔사 현장 사람들은 이해하지 못했다.

"뭐, 당신이 대학을 나왔다고? 그런데 여기는 왜?"

이미 선진국 고학력자들은 사막을 기피했다. 기능공도 급이 달랐다. 콘크리트 박의 연장가방에는 망치와 수평계가, 철근 김의 가방에는 펜치와 니퍼가 들어 있었다. 월남 때부터 닳고 닳은 자기 연장들이었다. 영어 한 줄 읽지 못했지만 도면을 보면 그대로 작업했다.

일을 하다보면 당연히 땀이 나고 얼굴도 타야 하는데, 한참을 일하다 보면 땀이 증발하고 소금만 남아 얼굴이 새하얬다. 아무리 더워도 화상이 무서워 작업복은 벗지 못했다. 그래도 안경잡이들은 화상을 피하지 못했다. 금속 안경테는 벗어던질 수가 없었으니까.

그러다 모래폭풍이 닥쳐오면 공사가 멈추곤 했다. 작업은커녕 질식할 것 같은 바람에 사람들은 천으로 얼굴을 가리고 숨도 참았다. 요동을 치는 크레인도 폭풍 너머 시야에서 사라지곤 했다. 숙소로 돌아와 샤워기를 틀면 서울 목욕탕 열탕보다 뜨거운 물이 쏟아졌다.

하지만 잘 살아보겠다고 작심하고 떠난 사람들이었다. 1980년 돼지를 치다가 빚더미에 오른 젊은 가장 이건영(2015년 현재 경기도 용인시 시의원이다)도 사우디 공사판을 택했다. 설날 하루 딱 놀고 일했다. 사람들이 "5000명 중에 당신이 제일 근무일수가 많을 것"이라고 해서 그런 줄 알았는데 2등이었다. 알고 보니 설날에도 일한 사람이 있었던 것이다. 강림한 신神들은 그렇게 "일하다가 죽을까봐 걱정이 될 정도로" 일했다.

독기毒氣 가득한 우수 인력들이 뭉쳐 살던 새마을 주변에 발전소가 피어나고 있었다. 200톤짜리 발전 터빈 두 개를 14미터 높이 기반에 설치하는 날이 왔다. 크레인이 도착했다. 기반에 박힌 앵커볼트 250개가

바지선에 고정돼 울산에서 사우디로 가는 거대한 주베일 항만 공사 구조물.

터빈에 뚫린 구멍 250개에 끼워져야 고정이 된다.

달팽이 기어가는 속도로 하강하는 터빈 구멍에 정확하게 앵커볼트들이 솟아올랐다. 1밀리미터 오차도 없었다. 지켜보던 벡텔사 사람들에게서 먼저 박수가 터졌다. 1981년 2월 1일 발전소가 완공됐다. 4년 5개월 만이었다.

노동자도 미친 듯이 일했고 기업도 같았다. 주베일 공사 때 현대건설은 울산에서 만든 해양구조물을 바지선 열두 척에 강철선으로 고정하고서 인도양을 건넜다. 사막을 가로질러 1000킬로미터가 넘는 수로를 만들겠다는 리비아 수로공사는 애당초 말이 되지 않는 공사였다.

그런데 해냈다. 시공 직전 서방에서는 '미친개의 꿈'이라고 했고 완공 직후 리비아인들은 '세계 8대 불가사의'라고 불렀다. 리비아는 공사 완공 기념우표까지 발행했다.

어쩌다 쉬는 날이면 김철빈은 동료들과 함께 현장 옆에 있는 콴티프 오아시스를 찾았다. 갈 곳이 별로 없었다. 사람들은 대개 숙소에서

동아건설이 리비아에서 벌인 대수로공사 현장. 모래바람을 뚫고서 사람들은 사하라 사막에 초대형 장비로 초대형 수로를 만들었다. 전쟁 같은 공사였다.

카세트테이프를 틀거나 오아시스를 찾아 사진을 찍었다. 나중에 귀국할 때 카세트테이프와 사진기에 높은 관세가 붙어서 불평불만이 대단했다.

놀거리가 없다보니 술을 찾았다. 술 만들기, 참 쉬웠다. 천하제일의 용접공과 배관공이 득실거렸다. 용접 박이 철판을 잘라 용기를 만들면 배관 최가 파이프를 박아서 증류기를 만들었다. 쌀과 이스트를 섞고 물을 부어 증류기에 넣고 놔두면 소주가 됐고, 포도를 짓이겨 똑같이 넣으면 와인이 나왔다.

제대로 마실 시간이 없었던지라 다섯 번 증류할 걸 한번 증류해 먹었다. 일과두주鍋頭酒, 그러니까 중국제 서민주 이과두주보다 못한 저

급술이었지만 없는 것보다 나았다. 사람들은 싸대기라고 불렀다. 아랍어로 밀주라는 뜻이다. 아침에 깨면 진짜 싸대기를 얻어맞은 것처럼 머리가 아팠다. 쿠웨이트 경찰은 가난한 외국 노동자들의 음주를 묵인해줬다.

가끔 가즐란 대림산업 노동자들과 주베일 현대건설 노동자들은 축구대회를 열었다. 현대는 포니 픽업을 타고와 축구를 하고 마작도 함께 즐겼다. 용접 박은 낚시광이었다. 통닭 한 마리를 빨랫줄에 걸어서 방파제로 나가 하루 종일 앉아 있었다. 그러다 진짜로 2미터짜리 왕물고기를 잡아냈다.

그날 대림산업 새마을에서는 큰 잔치가 벌어졌다. 싸대기 회식도 물

김철빈은 쉬는 날이면 콴티프 오아시스를 찾았다.

론. 며칠 뒤 용접 박이 드럼통을 잘라 만든 보트로 바다로 나갔다가 썰물에 쓸려가 한바탕 난리가 났다.

고된 노동은 극단적인 행동으로 나가기도 했다. 1977년 3월 13일 주베일 공사현장에서는 폭동이 터졌다. 인근에 있는 다른 공사현장에 비해 낮은 대우에 트럭기사들이 20킬로미터 정속 운행으로 항의하자 간부 한 명이 헬멧으로 기사 머리를 내려쳐버린 것이다.

순식간에 시위가 벌어졌다. 시위대는 30명에서 900명으로 불어났다. 사측이 우왕좌왕하는 동안 사무실과 숙소, 차량이 불탔다. 사우디 무장경찰까지 출동한 사건이었다. 임금 인상과 처우 개선, 그리고 주동자의 귀국으로 사건은 종료됐고 공사는 무사히 끝났다.

서울올림픽이 있던 1988년 6월 30일 대림산업 이란 캉간 발전소 공사현장에 이라크 전투기가 미사일 여섯 발과 기관총탄을 퍼부었다. 노동자 13명이 죽었다. 모래폭풍, 더위, 외로움, 그리고 진짜 전쟁. 단어만 다를 뿐 모두 전쟁을 뜻했다.

가즐란 공사 후 귀국했던 김철빈은 1980년 다시 쿠웨이트로 떠났다. 도하웨스트 발전소 공사. 30만킬로와트짜리 터빈 8개짜리 초대규모 공사였다. 결혼한 지 몇 달 되지 않았다고 발뺌해봤지만 방법이 없었다. 진짜 전문가였으니까. 그때 상사로 와 있던 사람은 심완식이다. 심완식은 경부고속도로 최난 구간인 옥천터널 감독관이었고, 공군장교 김철빈은 그때 터널 공사를 참관한 적이 있었다.

구면인 두 사람은 함께 쿠웨이트로 떠났다. 이번에는 가족도 함께 가도록 배려해줬다. 대림 직원 280명에 현장 기능공은 3800명. 그 가운데 2400명이 한국인이었다. 새마을 수준이 아니라 도시 하나를 만들어 노동자들이 살았다. 힘들어도 너무 힘들어서, 김철빈은 "그냥 오폭_誤_爆으로 한방 때려줬으면 좋겠다"고 생각했다. 공사는 적자였다. 하지만 1983년 발전소는 쿠웨이트 정부에 인계됐다. 김철빈은 현장소장으로 5년을 더 있다가 귀국했다.

1987년 아내가 귀국하던 날 공항에서 대한항공 직원이 말했다. "아부다비에서 방콕으로 가던 비행기가 사라졌다"고, 그래서 "언제 비행기가 뜰지 모르겠다"고.

귀국하는 중동 노동자 112명을 태운 대한항공 858편 보잉707기가 북한에 의해 폭파된 날이었다. 김철빈은 이듬해 귀국했다. 88올림픽이 열렸다. 대한민국이 전혀 다른 나라로 변해 있었다.

그렇게 사막에서 땀도 흘리지 못하고 벌어들인 돈이 300억 달러가 넘었다. 선진 건설, 토목사로부터 배운 노하우와 기술 그리고 중동에 쌓은 신용은 달러로 환산이 불가능하다.

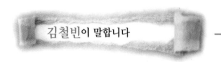

"40년 전 벡텔사 하청업체였던 대한민국 기업이 지금은 벡텔 수준으로 진화했습니다. 대학 시절 지하철은 런던이 최고고 공항은 파리 드골공항이 최고라고 배웠습니다. 그런데 지금은 서울 지하철이 세계 최고입니다. 인천공항이 세계 최고입니다. 모든 게 이렇게 됐습니다.

고속도로 또한 한국이 최고입니다. 건설인으로서 자신 있게 말합니다. 대한국인 모두가 자랑스러워해도 됩니다. 공짜로 얻은 성과는 아닙니다. 진짜 열심히 했으니까요. 이제 후배 분들에게 맡깁니다."

11

기능올림픽
첫 금메달,
제화장(製靴匠)
배진효

11 | # 기능올림픽 첫 금메달,
제화장(製靴匠) 배진효

김기수가 챔피언 되던 날

　함경남도 북청 신창인민학교 5학년 김기수는 1·4후퇴 때 피란 내려
왔다. 엄동설한에 돛단배 타고 포항을 거쳐 여수에 닿았다. 열두 살이
었다. 처녀들이 이고 가는 물동이는 죄다 새총으로 깨버리는 악동이었
지만 여수에서는 양담배와 신문을 팔면서 하루하루를 사는 많고 많은
가난한 소년 중 하나였다.

　6·25전쟁이 터지고 정확하게 16년이 지난 1966년 6월 25일 밤 9
시 18분, 스물일곱 살로 성장한 38따라지 김기수와 이탈리아의 권투
영웅 니노 벤베누티가 서울 장충체육관에서 WBA 주니어미들급 세계
챔피언을 두고 맞붙었다. 한국의 1인당 국민소득이 200달러 남짓하던

그때, 벤베누티가 요구한 대전료는 5만5000달러였다. 정부가 지급보증을 섰다.

주최 측은 TV중계를 하지 않겠다고 했지만 "말이 되느냐"는 비난 여론에 경기 시작 40분 전에 KBS에 중계를 허용했다. 1000만 원까지 올라갔던 중계권료는 정부 압력으로 2만 원으로 조정됐다. 13라운드가 끝나고 벤베누티 쪽 링사이드 줄이 끊어져 소동이 벌어졌다. 결과는 김기수의 2대1 판정승이었다. 이튿날 카퍼레이드가 벌어졌다. 헝그리 복서 김기수는 가난한 시대 대한민국의 영웅 중 영웅이었다.

'나도 챔피언이 될 거다.' 고등학생이던 홍수환은 그 카퍼레이드를 보며 인생을 결정했다. 비슷한 시각에 카퍼레이드를 구경하던 열여덟 살 제화공製靴工 배진효도 꿈을 꾸었다.

"진짜 부럽다."

8년 뒤 홍수환은 남아공 더반에서 국제전화로 어머니와 통화했다.

"엄마, 나 챔피언 먹었어!"

엄마가 대답했다.

"그래, 대한국민 만세다!"

배진효의 꿈도 이뤄졌다. 1967년 7월 15일 스페인 마드리드에서 열린 16회 기능올림픽대회에서 금메달을 먹은 것이다. 함께 금메달을 딴 양복 부문 홍근삼과 배진효는 '챔피언의 길'을 따라 지프차를 타고 카퍼레이드를 벌였다. 대한민국이 또 한 번 열광했다.

어릴 적 배진효는 부산 국제시장에서 놀았다. 진주 사람인 아버지는 일본에서 일하다가 광복이 되고 국제시장으로 흘러와 잡화점을 했다. 망했다. 배진효는 남포동에 있는 사촌네 양화점에서 놀았다. 구두 만드는 거 구경하며 놀았다. 점심마다 그 비싼 설렁탕을 시켜 먹으며 계산도 하기 힘든 주급週給을 타 가는 구두장이 아저씨들 부러워하며 놀았다.

1963년 위로 누나 다섯에 아래로 동생 하나 있는 장남인 그가 고등학교를 졸업했다. 아버지가 하늘로 떠났다. 더 이상 시장 바닥에 있으면 집이 망가지겠다는 작은 책임감에 장남은 무작정 상경했다. 진효는 서울역에 내려 지나가는 사람한테 물었다.

"서울에서 제일 큰 양화점이 뭐요?" "칠성제화다."

무작정 명동에 있는 칠성양화점으로 찾아갔다.

"기술 있으니 나 좀 써주소. 돈 안 줘도 좋소."

기술 없는 게 들킬까봐 돈 안 줘도 좋다고 했는데 알고 보니 이 친구, 보물단지였다. 1년 만에 진효는 여대생 단골이 우글거리고 미8군 장교 아내들이 굳이 찾는 여자 구두 전문가가 되어 있었다. 밤이면 선배들이 만들어놓은 구두를 뜯었다가 아침에 혼쭐나기를 밥 먹듯 하며 공부한 결과였다. 한 미군 아내는 2년 동안 배진효한테 80켤레를 주문해 신었고, 또 다른 아내는 귀국길에 10켤레를 들고 갔다. 어느덧 보니 먹고살 만했다.

숭문천공崇文賤工의 폐풍

1960년대 대한민국에 필요한 건 산업, 그중에서도 공업이었다. 자원 수출보다 부가가치가 높고 고용 효과도 높은 산업이 필요했다. 공산품을 수출하면 더 많은 외화를 가져올 수 있었다. 그때 우리는 별의별 것을 다 수출하고 있었다.

공중화장실에는 '한 방울이라도 통 속에!'라는 안내문이 붙어 있었다. 선진국 제약 회사들은 뇌졸중 치료 성분인 우로키나아제를 추출하기 위해 소변을 수입했다. 1973년 소변 수출액은 50만 달러였다. 돼지털, 쥐털, 뱀, 메뚜기도 수출했다. 머리카락도 잘라서 팔았다. 땅에서 나오는 모든 것을 외국에 팔았다. 경제개발계획이 진행되면서 자원 수출은 상품 수출로 방향을 바꿨다. 상품을 만들려면 기술자가 필요했다.

챔피언 김기수의 감동이 아직 가시지 않은 1966년 11월 4일, 제1회 전국기능대회가 서울공업고등학교에서 열렸다. 신생국 대한민국이 산업기술을 겨루는 대회를 열었으니 바라보는 눈도 흥분했다. 언론은 "이조시대의 숭문천공崇文賤工의 폐풍에 더해 임진왜란 때 국보적인 공예 부문 거장들이 적에 끌려간 이래 전래의 공기예가 쇠퇴일로를 밟아와 원통하다"며 "일인일기一人一技를 좌우명 삼아 건전한 생업의 수단과 나라의 산업 융성에 일대 원동력이 되길 바란다"고 축원했다(조선일보 11월 15일자 사설).

이듬해 스페인 국제기능올림픽 대표 7명이 정해졌다. 종목은 도장, 동력 배선, 목공, 기계 조립, 목형, 선반, 판금 부문이었다. 배진효가 출전한 제화와 또 다른 금메달 종목인 양복은 애초에 빠져 있었다. 어찌 보면 당연한 일이었다. 굵직굵직한 공업용 기술과 달리 구두와 양복은 디자인이라는 세련된 기술이 필요했고, 구질구질하게 사는 대한민국이 그 세련된 디자인을 세계와 겨루리라고는 아무도 상상하지 않았으니까.

정부에서는 "자비自費 출전은 막지 않겠다"고 했다. 배진효가 다니던 칠성제화와 양복 기술자 홍근삼이 일하던 서울 명동 이성우양복점은 두 사람의 항공료와 체재비를 다 대고 사장들까지 마드리드로 날아갔다. 대회는 7월 4일 마드리드직업학교에서 열렸다. 배진효가 회상한다.

대회가 열린 마드리드직업학교 작업대는 너무 높았다. 배진효는 다리를 20㎝ 잘라낸 책상에서 경기를 치렀다. 뜻밖에도 금메달이었다.

"가뜩이나 키가 작은데 시험장에 들어가 작업대 앞에 앉으니 상판이 가슴에 닿았다. 책상다리를 20센티 잘라내니 키가 맞았다. 사흘 중 첫날은 외국선수 작업을 구경하며 보냈다. 작업 도구도, 원가죽도 태어나서 처음 만져보는 것이었다. 함께 경쟁한 서양선수들은 키가 커도 너무 컸다.

문제가 나왔는데 내 전공인 여자 구두가 아니라 남자 구두였다. 과제로 나온 신발 목형도 한국 목형보다 길고 가늘었다. 이미 연습을 많이 했던 터라 어렵지는 않았다. 한국에서는 하루 한 켤레씩 일없이 만들던 우리 아닌가. 그래서 이튿날에 한 켤레 다 만들었다.

스페인 공주가 시찰 온다기에 남은 시간에 룸 슬리퍼 한 켤레 만들어서 선물도 했다. 내가 신기해보였던지 거기 신문에 선물한 이야기가 큼직하게 실리기도 했다. 경기를 끝내고 외출했다가 돌아와 보니 내가 만든 구두에 태극기가 꽂혀 있었다. 내가 금메달이라는 거다. 진짜, 눈물이 핑 돌았다."

똑같이 자비로 출전한 양복 기술자 홍근삼도 금메달을 땄다. 처음 출전한 대회에서 자비로 날아간 선수들이 우승했다는 소식에 대한민국은 마치 또 세계챔피언이 탄생한 것처럼 흥분했다. 종합 성적은 4위였다. 7월 27일 김포공항에서 서울시민회관까지 카퍼레이드가 벌어졌다. 대통령은 출정식 때 약속했던 대로 '평생을 보장하는' 금일봉을 하사했다. 100만 원이 들어 있었다. 집 한 채 값이었다.

1969년 열린 18회 기능올림픽 선수단 개선퍼
레이드 장면.

작은 나라의 큰 꿈, 기능올림픽

신문들은 "기능올림픽 한국위원
회의 코가 납작해졌다"고 비아냥댔
다. 그 놀림을 술안주 삼아 소주를
털어 넣으면서 사람들은 문득 깨달
았다. 대한민국에 부족한 것은 기술
이 아니라 의지며 환경이라는 사실
을. 가난이 숙명은 아니라는 사실도.

놀림감이 됐지만 기능올림픽 한국
위원장 김종필은 좋았다. '자의반 타
의반'으로 한국을 떠나 유럽을 돌아
다니며 구상한 게 기능올림픽이었
고, 구상 1년 만에 뜻밖의 성적을 올
렸으니 자신의 입지도 훨씬 올라갔
다. 5·16 세력이 내건 '조국 근대화'
사업은 한층 속도가 빨라졌다.

누구나 다 가난하던 시절이었다.
이들처럼 유명해진 사람들의 가난했
던 내력이 공개되면서 사람들은 개
천에서 용이 나는 꿈을 꾸게 되었다.
7남매의 어린 장남 배진효는 생계를

짊어진 소년이었고, 같은 금메달리스트 홍근삼은 피란길에 폭격으로 부모를 잃은 고아였다. 밀항선을 타려다 적발됐는데 착한 경찰관이 감옥 대신 양복점에 취직시켜줘 일자리를 얻게 된 소년이었다. 2대 기능 올림픽 한국위원장이 된 국회의원 김재순은 그런 사연을 모아 1970년 잡지 《샘터》를 창간했다.

천성이 못돼먹지는 않았던지라 배진효의 금일봉은 스무 날 만에 사라졌다. "좋은 데 쓰겠다"고 손을 내미는 단체에 나눠줬고, 상이군인이며 노숙자며 고아원이며 양로원에서 찾아오면 봉투를 열었다. 대신 열심히 일했다. 남자 구두보다 여자 구두를 더 많이 만들었다. 팬레터가 하루에 수백 통씩 날아왔다.

스페인 공주 신발을 만든 청년이란 소문이 나면서 제화점은 '명절 성수기에는 쓰레기통에 돈을 구겨 밟아 넣을 정도로' 돈을 벌었다. 여대생 딸들은 아빠와 엄마를 끌고 와서 가족 단위로 구두를 맞췄다. 웬만한 여배우는 모두 명동에 가서 구두를 맞췄고.

그러던 와중에 미국에서 스카우트 제의가 들어왔다. 월급 1500달러에 성과급 600달러까지 주겠다는 것이었다. 병역 문제가 걸려 결국 불발되고 배진효는 마음을 고쳐 잡았다. "애 낳자마자 어찌 재가再嫁를 하랴"는 것이었다. 대신 직장을 지키며 열심히 구두를 만들었다.

때는 바야흐로 1970년대 고도성장기였고, 수제화는 불티나듯 팔려 나갔다. 행복했다. 머리카락과 오줌을 팔았던 대한민국에서 신발과 섬유는 오랜 기간 주력 상품이 되었다.

배진효, 김기수, 그리고 대한민국

김기수는 만 14년 동안 링을 지키며 49전45승(16KO) 2무2패를 기록했다. 첫 패배는 이탈리아 밀라노에서 벌어진 3차 방어전이었다. 대전료는 5만5000달러로 벤베누티에게 준 돈과 같았다. 1968년 5월 26일이었다.

그 해 일본 오사카에서 이사오 미나미와 벌인 동양챔피언 방어전에서 패하고 공항에서 계란을 맞았다. 열 받은 김기수는 이듬해 삼일절에 이사오를 서울로 불러 챔피언 벨트를 되찾은 뒤 은퇴했다. "나랏빛 갚아서 훈련하고 벨트 되찾아 훈련하다"고 했다. 언젠가 그가 말했다. "비정한 세계를 이겨내는 무기가 무엇인지 잘 안다. 자기 자신과 싸워 이겨라." 김기수는 1997년 하늘로 떠났다.

기능올림픽은 개인에게는 가난을 탈출하는 비상구가 됐고, 나라에는 제조업을 통한 부국강병의 통로가 됐다. 대회명은 올림픽이 아니라 '국제기능대회World Skills International'였지만 한국에는 스포츠 올림픽에 버금가는 영광과 기회의 무대였다. 한국은 1977년 네덜란드 위트레흐트 대회의 첫 종합 우승을 시작으로 2015년 브라질 리우데자네이루 대회까지 두 차례 빼고 19회나 종합 우승을 차지했다.

처녀 출전했던 1967년 대한민국의 수출액은 3억2000만 달러였다. 첫 종합 우승을 한 1977년 수출액은 100억 달러, 18회째 우승한 2013년 수출액은 5596억 달러였다. 47년 만에 1748배가 됐으니 지구상에 격세지감도 이런 격세지감이 어디 있겠는가. '한국은 기능 강국'이라는 인식이 수출 상품의 품질보증서 역할을 한 덕택이었다.

　세월이 또 흘러서 기름밥 먹는 공돌이 대신에 넥타이 부대가 전면에 등장했다. 숭문천공崇文賤工의 폐풍은 여전하지만 역대 기능올림픽 출전자 854명 가운데 80퍼센트가 여전히 현장을 지킨다. 2016년 예순여덟 살이 된 배진효는 지금 한 제화 업체에서 구두 목형 자문역을 하고 있다. 함께 금메달을 땄던 양복장 홍근삼은 투병 중이다.

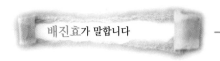
배진효가 말합니다

　"평생 구두를 만져온 저는 일흔 살 다 되도록 정년 없이 일하며 살고 있습니다. 영광의 세월이었고 아쉬운 세월이었습니다. 젊은 기술자들이 긍지를 가지고 일을 할 수 있는 사회가 되면 더 훌륭한 나라가 될 수 있지 않을까요.

　과거가 있어야 미래가 있다고 들었습니다. 근면함과 성실. 의지를 가진 한국인에게 기술이 더해졌기에 오늘날 대한민국이 있다고 생각합니다. 카퍼레이드는 바라지 않습니다. 기름때 닦아가며 일하고 있는 기술자들을 격려해주십시오."

12

돌아온
과학자
안영옥

12 돌아온 과학자
안영옥

안국형 부자父子 이야기

안영옥은 안국형安國衡의 셋째 아들이다. 안국형은 독립운동가였고 아들 안영옥은 과학자다. 1956년 그가 세상을 떠나던 해 아들 영옥은 미국으로 유학을 떠났다. 두 부자父子의 행적은 닮았다. 공부도 잘했고 사명감도 투철했고 평생 만족하며 살아온 군더더기 없는 삶도 닮았다.

공부를 곧잘 하던 안국형은 평양에서 90리 떨어진 평남 평원군 평원면 사람이었다. 도산 안창호가 만든 대성학교를 나와 메이지대를 졸업하고 황해도 사리원에서 법원 서기로 일했다. 애국심 또한 투철했던지라 3.1운동 후 상해 임시정부 독립자금 모금 감독원으로 일했다.

그러다 1920년 평양에서 발생한 독립자금 모집 사건에 연루돼 상해로 망명했다. 상해에서 안창호와 만나 흥사단에 가입한 뒤, 안국형은 임시정부와 활동 요원들 사이 연락책으로 활동했다. 스물여덟 살이었다.

1930년 권총 사건 시효가 만료되면서 안국형은 단신으로 귀국했다. 일본 경찰이 수시로 불러댔지만 참을 만했다. 경성과 상해를 오가고, 미국으로 유학을 가서 공부를 하기도 했다. 이미 조선을 떠날 때 아들 둘이 있었는데, 1932년 막내아들 영옥이 태어났다.

영옥은 안중근 의사의 손자 웅호와 함께 일본인 학교를 다녔다. 영옥은 상해 항구에 떠 있던 일본 군함과 해병대 사병들을 기억한다.

해방되기 1년 전 안국형이 상해로 와서 가족에게 말했다.

"일본은 곧 망한다. 돌아가자."

그 해 막내아들 영옥과 아내가 평양으로 돌아왔고, 안국형은 위 두 아들과 함께 광복 후 귀국했다. 김일성이 평양으로 들어왔다. 고당 조만식과 교유하던 안국형 가족은 평양에서 원산으로, 원산에서 경원선을 타고 전곡을 거쳐 한탄강을 건너 서울로 내려왔다. 막내 안영옥은 1946년 서울 명륜동 보성중학교에 입학했다.

1950년 6월 25일 전쟁이 터졌다. 둘째 영각이 전쟁 때 죽었다. 독립운동가요 신학문을 익힌 선각자 안국형은 "셋째는 반드시 미국에 보내서 공부를 시키라"고 큰아들 영주에게 신신당부했다. 서울대 화공과에 합격한 셋째 영옥은 1955년 '미군장교부인회 장학생'에 선발됐다. 안영옥은 큰형님이 빚을 내 마련해준 돈으로 캘리포니아 버클리로 떠났다.

여의도비행장에서 쌍발 프로펠러기를 타고 남태평양 웨이크아일랜

드에서 급유를 받은 뒤 하와이로 가서 다시 샌프란시스코행 비행기를 탔다. 이듬해 독립운동가요 선각자며 세 아들의 아버지 안국형이 눈을 감았다. 안영옥은 그 뒤 한 번도 한국 땅을 밟지 않았다. 12년 뒤 최형섭을 만날 때까지는.

과학기술과 대한민국

1962년 11월 17일 토요일, 국가재건최고회의 박정희 의장은 이승만 정권 때 만든 원자력연구소에 들러 이렇게 선언했다.

"정부는 과학자에 대한 우대정책을 과감히 실시할 것이며, 과학자들의 진지한 연구 분위기를 조성토록 하겠다."

세종대왕 때 동래현 관노官奴 장영실이 측우기며 물시계를 발명한 이래 단 한 번도 권력층으로부터 인정받지 못했던 과학자와 기술자가 각광받게 되리라는 징조였다. 1965년 박정희가 과학자들을 청와대로 불렀다. 박정희가 말했다.

"작년에 스웨터를 2000만 달러나 수출했다."

듣고 있던 원자력연구소 소장 최형섭이 한마디 했다.

"기특하긴 하지만, 언제까지 스웨터나 팔고 있을 건가. 일본은 작년에 전자제품을 10억 달러나 수출했다. 문제는 기술이다."

1965년 미국 대통령 존슨이 월남 파병 감사 표시로 박정희를 초청했다. 박정희는 피츠버그 제철공장에 들러서는 "단 한 개라도 이런

초대 KIST 소장 최형섭

공장 있었으면"이라고 읊조렸고, 플로리다 케네디 우주센터에 가서는 창공으로 솟구치는 아틀라스 로켓을 보이지 않을 때까지 바라봤다. 그리고 만난 존슨에게 과학기술연구소 설립 지원을 요청했다.

이렇게 하여 한미 공동성명에 한국 공업발전을 위한 연구소 설립이 포함됐다. 이듬해 2월 한국과학기술연구소KIST가 설립됐다. 스웨터 수출을 자랑하는 대통령에게 감히 한마디 했던 최형섭이 초대 소장에 임명됐다. 일할 과학자 유치는 최형섭이 맡았다.

최형섭에게 과학기술은 종교였다. "과학기술 개발은 개발도상국의 공업화와 국가발전을 이룩하기 위한 가장 현명한 해결책"이라는 신념으로 일관한 삶을 살았다. 6.25전쟁 후 미국 미네소타대 대학원에서 야금冶金으로 박사학위를 딴 뒤 돌아와 이 신념을 종교처럼 퍼뜨리고 다닌 인물이었다.

그때 한국은 고학력자에게 줄 일자리도 없었고, 있더라도 박봉에 연구 환경도 척박한 나라였다. 전쟁 후 1967년까지 해외유학생 7958명 가운데 973명만이 한국으로 돌아왔다. KIST 소장으로 임명된 그 해부터 최형섭은 지구촌을 샅샅이 훑었다.

1970년 1월 9일, 준공된 지 석 달이 채 되지 않은 KIST 광장에 연구원들이 모였다. 이들의 두뇌와 손에서 대한민국을 이끌 기술이 잉태됐다. 앞줄 왼쪽에서 셋째가 최형섭 초대 소장이다. 1977년 이 사진을 게재한 KIST 기록물은 "이미 2명이 세상을 떴다"고 설명을 달았다.

KIST의 미국 측 파트너인 바텔연구소와 함께 해외 500개 기관 한국 과학자에게 자료를 돌리고 연구원 지원서를 받았다. 지원자 800여 명 가운데 75명을 추려내 그 해 10월 미국과 유럽에 가서 일일이 사람들을 만났다. 유학생들은 연구할 수 있는 환경과 경제적인 처우를 물었다. 최형섭이 대답했다.

"연구 환경은 보장한다. 모두 연구실장으로 일하며, 먹고 살기에 안 불편할 정도로 대우도 보장한다. 조건이 있다. 노벨상을 희망하는 사람은 응모하지 마라. 논문 쓸 생각도 마라. 연구 외에 돈 벌 생각도 마라. 나라를 먹여 살릴 기술을 개발해야 한다."

최형섭의 카리스마 가득한 설득에 박사급과 산업계에 경력을 쌓은 석사급 18명이 최종 선발됐다. 전공은 기계, 금속, 재료, 화학, 식품, 전기, 전자 등 다양했다.

월급은 6만 원에서 9만 원 사이였다. 국립대 교수 월급 3만 원보다는 훨씬 많았다. 보고서를 본 박정희가 말했다.

"나보다 봉급 많은 사람이 수두룩 하구만."

1966년 당시 월급 7만8000원이던 대통령은 최형섭 소장에게 "그대로 시행하라"고 지시했다. 국내에서나 최고였지, 미국 연구소에서 받는 돈의 30퍼센트밖에 되지 않았다. 연구 환경도 척박했다.

그럼에도 안정된 미래를 버리고 사명감을 택한 과학자가 18명이었다. 이들은 제2차 세계대전 이후 미국으로 유학 온 개도국 두뇌가 역逆유출된 첫 사례로 기록됐다. 안영옥은 그 18명 가운데 한 명이었다.

버클리공대는 공부하는 천당天堂이었다. 모든 게 새로웠고 달랐다. 버클리공대 학풍은 '만사를 열심히 한다'였다. 도서관은 불이 꺼지지 않았고, 주말이면 학생들은 미친 듯이 샌프란시스코 부두에서 놀았다. 금문교를 건너면 예술인 마을 소살리토가 있었고, 북쪽으로 와인 산지 나파 벨리가 나왔다. 요세미티 국립공원도 가까웠다.

1958년 대학 졸업과 함께 안영옥은 동성동본인 약혼자 안정희와 결혼했다. 서울법대를 다니던 안정희는 "법으로 금지된 사랑"이라며 연애를 거부했지만 안영옥은 "미국 가서 결혼하자"며 우겨서 함께 떠난 터였다.

석사는 아이오와 주립대에서 받았다. 1950년형 낡은 쉐보레 승용차로 와이오밍과 유타와 네브라스카를 거쳐 아이오와까지 갔다. 아무것도 없는 옥수수 밭에 대학교가 서 있었다. 공과대 대학원생들이 합동으로 실험용 원자로를 만들고 있었고, 전기공학과에서는 대형컴퓨터를 만들고 있었다. 차원이 다른 곳이었다.

무인우주선 스푸트니크를 쏴 올리고 기고만장하고 있던 흐루시초프가 그 풍요로운 옥수수 밭을 지나 대학교를 찾았다. 농업이면 농업, 공업이면 공업 모든 분야에 자신만만한 자본주의 나라 미국 정부 측 계획이었다. 옥수수 밭 지평선에 얼이 빠진 흐루시초프가 연구소를 지나가는 사이, 중절모를 쓰고 레인코트를 입은 대학원생 몇 명이 바이올린 케이스를 겨드랑이에 끼고 어슬렁대 경호원들을 혼비백산하게 만들었다. 가난한 나라에서 온 가난한 부부는 그렇게 차원이 다른 곳에서 차원이 다른 행복감에 젖어 공부를 했다.

그런데 생각해보니 그때까지 전쟁 당시 고생한 것과 공부한 것밖에는 인생에 남은 게 없는 것이다. 그래서 외국인도 취직이 되는 화학기업인 유니언카바이드연구소에 원서를 내서 취직을 했고, 한국에 있는 형님이 공부를 더 하라고 해서 다시 학교로 돌아가 박사학위를 땄다. 미국 경제가 활활 타오르던 1965년이었다.

안영옥은 졸업과 함께 듀퐁연구소 연구원으로 취직했다. 듀퐁연구소는 벨연구소와 함께 세계 최대 연구소로 불린다. 꿈의 직장이었다. 출근 첫날 안영옥이 받은 연구소 전화번호부에는 박사급 1300명을 포함해 3500명이 넘는 연구원 연락처와 주소가 적혀 있었다. 아이도 셋이나 생겼다. 직장은 안정됐고 가정도 완성됐다. 계획대로 미래만 잘 살아내면 되는 것이다.

그런데 불쑥 최형섭이 찾아온 것이다. 1967년 10월이었다. 그제야 안영옥은 그 전 해에 바텔연구소의 한국 과학자 모집 공고를 보고 자기가 아무 생각 없이 원서를 냈던 사실을 떠올렸다. 3년만 공부하고 돌아가자고 다짐했던 12년 전 기억도 불쑥 떠올랐다.

워싱턴DC에 있는 한 호텔방에서 최형섭과 안영옥이 만났다. 최형섭이 말했다.

"돌아와서 함께 연구소를 만들자. 안 박사가 한국에 오려면 이만한 기회도 없을 거다. 굶어죽지는 않을 거다."

그리고 엄포를 놨다. 돈 벌 생각 말고, 노벨상 받을 생각 말라고. 함께 있던 다른 과학자가 물었다.

"아내도 박사다. 같이 연구소에 가면 안 될까."

최형섭이 말했다.

"그 따위 생각할 거면 당신은 오지 마라."

최형섭의 구멍 난 양말을 보며 안영옥이 말했다.

"아내에게 물어보고."

며칠 뒤 아내 안정희가 남편에게 말했다.

"당신이 행복하다면 돌아가자."

듀퐁에서 함께 근무하는 50대 동료가 떠올랐다. '똑똑한 저 박사처럼, 나도 20년 뒤 중상류로 살겠지. 그게 전부겠지.'

그래서 그가 돌아왔다. 안정된 중상류 미국 생활 대신 화려한 채색을 기다리고 있는 백지白紙의 땅 한국을 택했다. 1969년 2월 노스웨스트 항공을 타고 안영옥 가족이 대한민국으로 귀국했다. 14년 만이었다. 김포공항 상공에서 기내방송이 나왔다.

"대한민국에 오신 걸 환영합니다."

한국말이었다. 안영옥이 울었다. 고가도로가 우뚝 선 서울 청계천변 판자촌 풍경에 또 한 번 울컥했다. 혼인신고를 대신 해준 친척이 동사무소에 가서 사정했다.

"일자무식한 애들이 동성동본 금지법도 모르고 애를 셋씩이나 낳아서….."

돌아온 과학자들은 텅 빈 연구실을 하나씩 배정받고 전원이 해당 분

1969년 10월 23일 당시 한국에서 가장 큰 컴퓨터인 CDC3300을 도입한 KIST를 찾은 대통령 박정희와 영부인 육영수. 박정희는 개인 돈으로 KIST를 후원하기도 했다.

1969년 10월 30일 미국 험프리 전 부통령에게 KIST 건설 과정 설명하는 최형섭 소장.

야 연구실장에 임명됐다. 최형섭의 약속은 지켜졌지만, 너무 웃겼다. 1박사 1실. 박사가 우글거리는 연구소에서 온 두뇌들인데. 게다가 기초연구가 아니라 응용과학, 그러니까 산업에 바로 써먹을 수 있는 작품을 내놔야했다.

밸브 하나도 못 만들던 나라에서 안영옥이 연구한 프레온 가스는 에어컨 냉매와 반도체 절연물질로 연결됐고, 제철을 전공한 과학자들의 연구는 포항제철 설립으로 이어졌다. 광섬유 연구는 통신 산업으로 이어졌다. 대표적인 수출품목인 가발용 재료도 개발했다.

대한민국 산업 제반 분야에 이들 과학자의 혈액이 수혈되지 않은 분야가 드물다. 대덕연구단지도, 국방과학연구소ADD도 그 뿌리가 KIST

다. 안영옥이 말했다.

"KIST에서의 경험과 경력을 바탕으로 과학자들이 대학과 기업으로 진출하면서 국내 연구 환경 활성화에 크게 기여했다고 생각한다."

안영옥은 이후 산업계로 나가 기업 연구소 설립과 공장 건설을 주도했다. 안영옥은 1982년 다시 KIST로 돌아가 벤처 캐피털 K-택을 책임지다 은퇴해 기업체 고문으로 일했다.

초기 멤버 25명 가운데 1980년까지 한국을 다시 떠난 사람은 한 명뿐이다. 1991년 정부는 해외두뇌 유치사업을 중단했다. 대한민국은 더 이상 인재 유출을 걱정할 나라가 아니었다.

아버지 안국형이 염원했던 조선 독립은 완성됐다. 아들 안영옥이 참여했던 과학 입국도 완성됐다. 동성동본 혼인금지 조항도 폐지됐다. 대한민국 과학을 이끈 최형섭은 2006년 세상을 뜨고 국립현충원에 잠들어 있다. KIST 창립 멤버 25명 가운데 4명은 창립 후 10년 사이에 과로로 죽었다.

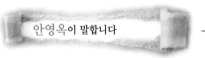

안영옥이 말합니다

"저는 요즘 PTT글로벌케미컬이라는 태국 석유화학 기업에서 영국인, 미국인들과 함께 국제혁신 부문 고문으로 일하고 있습니다. 1년에 두 차례씩 방콕으로 가서 강연하고 조언을 합니다. 그곳 분들은 늘 저를 다른 이들보다 하루 일찍 부릅니다. 전날 오전에는 한국 화학공업의 발전상을 이야기해달라고 하고, 오후에는 연구원들을 대상으로 화공분야 연구 방법론에 대해 강의를 해달라고 합니다.

저는 60년 전 신천지로 떠나 기술을 배웠습니다. 그런데 지금 태국에서 대한민국 기술을 배우려고 늙은 저를 찾습니다. 가슴이 벅찹니다. 불모지였고 백지였기에 대한민국은 오히려 저희에게 기회의 땅이었다고 생각합니다. 이제 대한민국에 숲이 무성하고 과실도 실하게 달렸습니다. 세월이 이리 흘렀습니다. 신나게 산 것 같습니다."

대한국인大韓國人,
우리들의 이야기

13

무사고
300만km,
기관사
박병덕

13 무사고 300만km,
기관사 박병덕

1947년 추석 야간급행
:

"아이고 이년아! 글쎄, 입은 채로 자자는데 부득불 벗으라고 해서 이 꼴이 되고 보니 모양 좋게 됐구나!"

"어이 언니도 그럼 단벌옷으로 사돈집에 가면서 구긴 옷을 어떻게 입우? 그러니깐 웃옷일랑 벗자고 그랬지 뭐에요."

"글쎄, 세 사람 가방까지 다 들고 갔으니 차표도 없어졌고, 아이 참. 망할 놈의 도적놈 같으니라고."

추석을 앞둔 1947년 9월 27일 서울역을 떠나 부산으로 가는 야간급행열차 객실에서 명숙과 희숙과 계숙 자매는 치마저고리를 도둑맞았다. 살인적으로 붐비는 객실에서 겨우 청한 잠을 깨고 보니 선반에 올려냈던 가방이며 치마며 저고리까지 온데 간 데 없이 사라진 것이다.

　모처럼 부산 사돈집에 간다고 동정에 풀 먹이고 빳빳하게 다려서 입고 나온 저고린데, 고깟 주름 덜 잡혀보겠다고 고쟁이만 입고 잠을 청했다가 벌어진 일이었다.

　"아, 그 놈!"

　그러고 보니 대전역에서 옆자리에 탔던 말쑥한 20대 청년도 간 곳 없었다. 젊은 게 보기 좋다고, 과일도 깎아주고 우스개도 나누며 태고적보다 어두운 칠흑 같은 밤 시간을 함께 보냈었는데 그 놈팡이가 치마까지 싹 들고 대구역에서 사라진 것이다. 기실, 그런 일이 드문 일은 아니었다. 옆 칸에서도 난리가 났다.

1970년 9월 14일 추석을 맞은 귀성열차. 냉방이 안 되는 열차 속은 찜통처럼 더웠다.

　"아이구 내 보스톤빽을 찢고 돈을 꺼내갔네!"

　"이것 봐라, 내 가방도 밑바닥이 째여 있네!"

　"이를 어째, 내 보퉁이 속에 돈과 귀중품이 든 핸드백도 없어졌어요!"

　열차가 역에 도착하고

1, 2분이 지나면 객차마다 비명이 터지곤 했다. 못 살았기에 도둑질을 했지만, 야간열차를 탄 사람들도 못 살고 가난했다. 가난한 주머니를 가난한 손이 털어가던 가난한 나라의 야간열차 풍경이었다.

나라가 부자가 될 때까지 박병덕은 그 열차를 몰았다. 증기기관차부터 KTX까지, 정년퇴임할 때까지 38년 동안 300만6453킬로미터를 몰았다. 거리로 치면 서울에서 부산까지 왕복 3539번, 지구에서 달까지 네 번 왕복. 그것도 무사고로. 전에도 없고 앞으로도 2019년이 되어야 나올 대기록이다.

1946년 6월 16일 이른 아침 부산역에서 시동을 걸고 있는 조선해방자朝鮮解放者호 객실에는 3·1절 민족대표 33인 사진이 걸려 있었다. 객실에 앉아 있던 백범 김구가 굳은 표정으로 안경을 고쳐 쓰며 옆에 있는 흰색 상자 먼지를 털었다. 상자는 세 개다. 한 달 전인 5월 15일 맥아더 사령부 소속 군함에 실려 일본에서 봉환된 윤봉길, 이봉창, 백정기 의사 유해가 담겨 있다.

공설운동장에서 열린 합동추모식 다음날 유해가 서울로 향했다. 장맛비 속에 출발한 열차가 서울역에 도착했다. 유해는 조계사에 안치됐다가 효창공원에 안장됐다. 부산역에서 서울역까지 10시간이 조금 덜 걸렸다. 그 날은 첫 운항 후 26일째 되던 날이었다.

조선해방자호는 1945년 12월 24일 서울 용산공작소에서 탄생했다. 해방 조선 최초의 기관차였다. 힘이 2000마력이 넘는 특급열차였다. 명숙이 일행을 벌거숭이로 만든 완행열차와 급이 달랐다. 첫 운행도 워낙 요금이 비싼 터라 512명 정원에 29명만 탑승했다.

서울역에서 탑승한 승객들은 대부분 포항역과 부산역에 내렸다. 포항은 이북에서 온 화물선이, 부산은 마카오에서 온 화물선 입항지였다. 모두 돈이었다. 포마드 기름 잔뜩 바른 남자들은 해방자호 식당 칸에서 고관대작들을 접대하며 화물들을 싣고 서울로 올라갔다.

2등 칸에는 사내들 돈을 노리는 작부들이 치마 잃을 걱정 없이 커피를 홀짝였다. 귀족열차였다. 서울행 열차는 대전역을 지나 영등포를 거쳐 서울역에 도착했다.

박병덕은 대전역 기찻길 옆에 살았다. 아버지는 1·4 후퇴 때 평남 성천군에서 단신으로 내려왔다. 금방 돌아가리라 생각했지만 고향에 있던 가족은 끝내 보지 못했다. 1983년 KBS 이산가족찾기도 나가봤지만 소식이 없었다. 대신 남쪽 대전에서 새로 만든 가족에게 평생 정을 주며 살았다. 집은 대전역 옆이었다.

전쟁이 끝났다. 사람들은 피난살이를 끝내고 '보슬비가 소리도 없이 이별 슬픈 부산정거장'을 떠났다(「이별의 부산정거장」, 남인수, 1954). 박병덕이 태어나고 4년 뒤인 1959년 목포행 야간열차가 신설됐다. 대전역 출발시각은 0시 50분이었다. 서울에서 내려온 사람들은 0시 40분에 대전역에 도착해 허겁지겁 가락국수를 먹고 다시 열차에 올랐다.

1년 동안 운행된 이 야간열차를 소재로 노래 「대전블루스」가 탄생했다. 사람들은 '눈물로 헤어지는 쓰라린 심정으로 구슬비에 젖어가는 목포행 완행열차'를 탔다(「대전부르스」, 안정애, 1959). 열차를 빼면 대한민국에 추억은, 없다.

병덕은 개구쟁이 중의 개구쟁이였다. 증기기관차에서 떨어진 조개탄으로 불장난을 했고, 쇳조각을 주워 엿 바꿔 먹었다. 덩치가 크고 씨름도 좀 해서 형이 맞고 오면 가서 두들겨 패주곤 했다.

그런데 동네에 사는 기관사들만 보면 눈망울이 초롱초롱해졌다. 노란 견장이 달린 제복을 입고 다니는 아저씨들을 병덕은 '철도 과장'이라고 부르며 쫓아다녔고, 철도과장이 사라지면 애들을 집합시켜 기차놀이를 하고 놀았다. 그런 아들을 보며 아비가 말하곤 했다.

"빨랑 기찻길이 연결되믄 내레 소원이 없겠수다만…."

아들은 그 혼잣말을 셀 수도 없이 들었다.

"기관사 뽑는단다. 시험 보러 가자."

1985년 여름. 경춘선. MT를 떠나는 대학생들이 많았다.

고등학교를 졸업하고서 배꼽친구가 말했다. 시험을 권유한 친구는 떨어지고 혼자 붙었다. 1975년 5월 14일이다. 떨어진 친구는 훗날 대성大成해서 한 도시 구의원을 연거푸 하고 있다. 병덕은 그 이후 단

하루도 후회 없이 열차를 몰았다. 팔도 방방곡곡을 다니며 본 대한민국의 시공時空은 모조리 추억이 됐다.

국가의 동량인 고등학생과 대학생은 명절이 되면 특별 귀성열차 승차권을 배정받았다. 일제 강점기 때도 마찬가지였다. 나라에서는 1947년부터 방학이 되면 귀성학생열차를 별도로 편성해 학생들의 귀향을 도왔다. 특권을 부여받고 바글바글하게 모인 남녀 학생들 사이에 벌어진 일은 불문가지였다.

명절이 되면 사람들은 '코스모스 피어 있는 정든 고향역에 이쁜이 꽃분이 모두 나와 반겨주리라'(「고향역」, 나훈아, 1972) 꿈꾸며 열차에 올

1977년 서울역 광장 귀성열차 예매 인파. 경찰관이 들고 있는 대나무 장대는 인파 통제용이다.

랐다. 꽃분이를 만나러 가는 길은 지옥과 비슷했다. 명절이 되면 전국은 아수라장이 됐다. 서울역 앞은 열차표를 사려는 사람들로 인산인해가 되곤 했다.

경찰과 공무원들은 장대와 곤봉까지 동원해 사람들을 통제했다. 1960년 1월 26일 목포행 완행열차를 타려던 승객들이 서울역 계단에서 넘어졌다. 31명이 죽고 38명이 다쳤다. 희생자들은 대부분이 연약한 부녀자들이었다.

개찰구에 들어가도 문제였다. 입석표가 있어도 도무지 타는 게 불가능했던 사람들은 창문으로 들어갔다. 출발을 기다리는 기관실에 승객들이 밀려온 것도 한두 번이 아니었다. 구로공단 사람들이 밀물처럼 밀려드는 영등포역에서는 대개 그랬다.

그럴 때면 박병덕은 플랫폼으로 내려가 승무원들과 함께 사람들을 창문으로 밀어넣곤 했다. 운전실에 함께 타고 내려간 적도 많았다. 죽어도 고향에서 죽겠다는 사람들인데! 철도 인생 38년 동안 명절은 하루도 쉰 적이 없다. 대신 대전 집 근처를 지날 때면 일부러 속도를 늦추며 인사를 하곤 했다.

통로까지 승객이 점령한 객실에서 상인들은 공중부양을 하며 소쿠리에 찐 계란과 밀감을 담아 팔고 다녔다. 1969년 추석 때는 콜레라가 창궐한 호남지역 귀성객이 급감하리라고 예측했지만, 고향에서 죽겠다며 귀성객들이 더 몰려들어 큰 곤욕을 치렀다. 그리하여 해마다 음력설과 추석이면 정원의 3배가 넘는 승객들로 인해 열차바퀴 스프링이 부러졌다는 기사가 꼭 신문에 실리곤 했다.

1967년 8월 31일, 마지막 증기기관차가 서울역을 출발했다. 증기기관차는 디젤기관차의 등장으로 역사에서 사라졌다.

등목하는 여자

박병덕이 처음 탄 열차는 증기기관차였다. 1968년 디젤기관차 도입과 함께 퇴역한 증기기관차는 역 구내에서만 운행되고 있었다. 대전역에서 상사가 첫 임무를 맡겼다. 삽질. 화로에 조개탄을 넣는 작업이었다. 요령은 간단했다. 250번 삽질하고 허리 한 번 펴기. 그리고 작업 끝나면 재를 긁어내기. 힘들어서 죽을 뻔했지만, 아버지 혼잣말을 생각하며 견뎠다. 2013년 은퇴할 때까지 대한민국에서 증기기관차 경험을 가진 기관사는 박병덕밖에 없었다.

병덕은 기관장을 보조하는 부기관사로 9년을 근무하다가 1984년 1

월 14일 처음으로 가감간을 잡았다. 기관차는 방향을 조절할 수 있는 핸들 대신에 속도 완급을 조절하는 가감간이 있다. 병덕은 가감간을 조심스럽게 올리고 충북선에 첫 출항했다.

1970년대와 80년대, 충북선을 오가는 기차는 어느 마을을 지날 때면 속도가 느려지곤 했다. 충북 조치원과 봉양 사이를 오가는 충북선은 지형이 복잡해 최고 속도가 60킬로미터를 넘지 못했다. 마을을 지나면 집집마다 밥 짓는 연기가 피어오르고 모내기하는 사람들 얼굴이 다 보일 정도였다.

특히나 특정 마을은 철로변에 우물이 있었는데, 새벽녘이나 밤이 으슥할 무렵이면 꼭 예쁜 여자가 나와서 등목을 하는 것이었다. '등목하는 여자 마을' 소문은 순식간에 기관사들 사이에 좍 퍼졌다. 그 마을을 지날 때면 기관사들은 으레 가감간을 저속으로 내리고 전조등을 한껏 밝히곤 했다.

모내기가 한창이던 어느 해 5월, 충북선 소이역 근처에서 선로를 따라 못밥을 이고 가던 처녀를 만났다. 그 때 속도는 시속 10킬로미터 정도. 밥 소쿠리를 머리에 인 처녀 윗도리가 올라가 살이 다 드러났다. 꼴깍, 침을 삼킨 병덕이 경적을 크게 울리며 소리쳤다.

"아가씨, 배꼽!"

눈이 마주친 처녀가 "에그머니"하고 손을 내렸고, 소쿠리에 있던 그릇들이 와장창 다 깨졌다. 짓궂고 인간적인 노선이었다. 그러다 산중으로 기차가 올라가면 별이 보였다. 기차 소리와 밤새 소리와 구름 흐르는 소리와 별이 지는 소리가 들렸다고 박병덕은 기억한다.

1986년 12월 3일에는 '미친년' 소동이 벌어졌다. 새벽 3시 무렵 천안역을 출발한 서울행 통일호 열차 앞에 빨간 내복과 고쟁이만 입은 여자가 열심히 뛰어가고 있는 게 아닌가. "선로에 미친 여자가 있다"고 관제소에 보고를 한 뒤 사람 걸음보다 느리게 달려 잡고 보니 전남 하의도에서 인천 결혼식에 가던 할머니였다.

앞차에 탔다가 난방 스팀이 너무 뜨거워 옷을 한 꺼풀씩 벗었는데 그래도 더워 바람이나 쐬자며 내렸다가 차를 놓쳤다는 것이다. 열차 뒤꽁무니가 보이니 달려가면 도로 탈 수 있겠다 싶어 달렸는데, 열차를 놓치고 정신줄도 놓으시고 마냥 달리기만 했다는 것이다.

자살하겠다고 선로에 누워버린 사람을 30미터 전방에서 겨우 열차를 세웠더니 "왜 빨리 안 죽여!"하고 대들던 기억, 대학교 입시 예비소집날 객차를 평소 두 배로 붙여서 사람들 실었다가 기차가 퍼져서 연착했던 기억, 산모퉁이를 돌다가 화염에 휩싸여 있는 뒤쪽 객차를 보고 비상정차를 했던 기억, 그리고 새벽에도 불이 훤하게 밝은 구로공단 옆을 지나며 가슴이 뭉클했던 기억까지, 기억은 모두 추억이 됐다. 2001년 1월 15일 서울역을 떠나 구로공단이 있는 영등포역을 거쳐 시흥으로 가는 길목에서 박병덕은 100만 킬로미터 무사고 기록을 세웠다.

3·1운동 독립선언문도 열차로 날랐고 6·25 군수물자도 열차로 날랐다. 1960년대 이후 모든 산업물자도 주된 운송수단은 열차였다. "검은 연기가 벼농사를 망치고 조상들 혼령이 놀란다"며 유림들이 경부선 역을 반대했던 충북 충주는 오래도록 낙후했고, 시골마을 금전은 교통도

시 김천으로 급성장했다. 자동차와 고속도로에 자리를 내준 지금도 철도는 대한민국 물류와 여객 운송의 주축이다.

디젤기관차가 대세가 되면서 1967년 8월 31일 증기기관차 운항이 종료됐다. 1980년 10월 17일 충북선 삼탄역에 조명시설이 설치되면서 조명 없는 무등역無燈驛이 사라졌다. 그 사이에 우리는 조선해방자, 재건, 태극, 맹호, 건설, 증산, 백마, 청룡, 갈매기,

낙동강 최상류를 달리는 영동선 열차. 1990년대 열차는 대부분 전철화됐다.

대천, 관광, 신라, 계룡, 충무, 새마을, 상록, 약진, 부흥, 풍년, 우등, 무궁화, 통일, 비둘기호를 타고 삼천리 금수강산을 여행했다. 2004년 4월 1일 고속열차시대가 열렸다.

2004년 3월 30일 개통식 날, 박병덕은 동료 기장 이병남과 함께 KTX를 몰고 부산까지 내려갔다. 57년 전 조선해방자호가 9시간 넘게 걸린 길이 2시간 40분 걸렸다. 시속 300킬로미터로 날아가는 고속철 운전실에서는 등목 하는 여인도, 못밥 인 처녀도 보이지 않았다. 야간

열차 바깥으로 훤하게 밝던 구로공단은 불이 꺼졌다. 헬기보다 빠른 기차를 몬다고 해서 기관사는 기장이라고 불린다.

지금 박병덕이 사는 서울 북가좌동 아파트에서 산책을 나가면 디지털단지 불이 밝다. 그 불빛을 보면서 화가인 아내 송미경에게 말한다. "휴일에는 일하러 나가고, 쉬는 날 귀신처럼 불러내는 친구들 따라 술 먹으러 나가는 남편 안 버리고 살아줘서 고맙다"고. 그 덕에 부부는 2015년 5월 22일 결혼 32주년을 맞았다.

시인 곽재구가 이렇게 썼다. '단풍잎 같은 몇 잎의 차창을 달고/밤열차는 또 어디로 흘러가는지(「사평역沙平驛에서」 1983)'. 그렇다. 단풍잎 같은 차창 밖 풍경은 경천동지하게 변했고 대한민국은 흘러흘러 여기까지 왔다. 박병덕은 2013년 4월 16일 김천과 대전 사이에서 300만킬로미터 무사고 운전을 달성하고 두 달 뒤 정년퇴직했다.

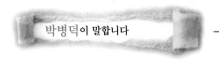
박병덕이 말합니다

"제복이 멋있다고 느꼈던 기관사가 평생 직업이 되었습니다. 시속 60킬로미터짜리 증기기관차에 올라탔던 인생이 300킬로미터가 넘는 고속열차에서 마감했습니다. 300만 킬로미터를 열차 위에서 보내며, 저는 차창 밖 대한민국이 바뀌는 모습을 눈으로 목격했습니다. 이런 나라가 될 줄은 꿈에도 생각하지 못했지요. 지금 이 순간에도 대한민국 철길 위에는 열차 바퀴 50만 개가 굴러가고 있습니다. 그 바퀴들이 어떤 길로 우리를 이끌지 궁금합니다. 철길을 따라, 저는 앞만 보며 달려왔습니다. 저는 지금 문화재지킴이로 창경궁에서 궁궐 해설 자원봉사를 하고 있습니다. 우리, 참 먼 길 달려왔지 않았던가요. 이제 달려온 그 길을 돌이켜보며 속살을 찌울 시간이 아닐까요."

14

우리 문화
지킴이
경주 남산
김구석

14

우리 문화 지킴이
경주 남산 김구석

앞만 보고 달린 대한민국

식민지에서 전쟁, 산업화와 민주화까지 광속光速으로 달려온 대한민국이었다. 세계는 '한강의 기적'이라고 불렀다. 그 무한질주 대신 옆과 뒤를 돌아보며 돈 안 되는 길을 택한 사람들이 있었다. 자칫하면 잃어버렸을 무형의 가치를 위해 헌신한 사람들이다.

그들 덕분에 21세기 대한민국 사람들은 한글의 창제원리를 알게 되었고, 대한민국이 세계 최초의 금속활자 제조국가임을 알게 되었다. 김정희의 세한도歲寒圖를 완상할 수 있게 되었으며, 더 이상 명품 청화백자에 김치를 담지 않게 되었다.

경주 남산에 있는 마애불. 산업화와 고도성장의 물결 속에 잊힐 뻔한 문화유산들이 많은 이들의 손길로 보존됐다. 남산은 2000년 유네스코 세계문화유산으로 지정됐다.

2016년 예순두 살이 된 사내 김구석은 고향 경주를 떠나지 못한다. 경주고등학교 시절인 1969년 5월 남산에 첫 등반을 한 것이 실수였다. 지금이야 한 해에 120만 명이 찾는 순례지지만, 그 때 남산은 그저 신기한 야산에 지나지 않았다.

독실한 불교 신자인지라 남산에 널려 있는 불두佛頭며 뒹구는 탑들이 눈에 밟혔고, 칠불암 마애불상 앞에서는 가슴이 떨렸다. 서른 군데가 넘는 골짜기마다 돌부처와 돌탑이 서 있고 바위에는 마애불이 그려져 있었다. 삼국유사에 나오듯, '사사성장 탑탑안행寺寺星張 塔塔雁行', "절들이 별처럼 펼쳐지고 탑들이 기러기처럼 날아가는" 산이었다.

그래서 매주 남산을 찾았다. 고등학교를 졸업하고 취직하기 전까지 매주 찾았다. 불상과 탑들은 왜 저리 뒹구는지 알려주는 사람이 없었다. 그런데 1979년 『경주남산 고적순례』라는 책이 나왔다. 1940년 조선 총독부가 펴낸 『경주 남산의 불적佛蹟』이래 한국인 손으로 펴낸 첫 번째 남산 종합보고서였다.

김구석은 이 200자 원고지 1600장짜리 책을 복사한 제본판을 들고서 남산을 이 잡듯이 뒤지고 다녔다. 1981년 울산시청 산림과 공무원으로 취직하고도 주말이면 어김없이 남산을 찾았다. 복사한 책은 그 사이에 몇 번씩 다시 제본을 해야 했다.

1983년 보따리장수들이 관공서를 돌아다니며 휴대용 환등기를 팔았다. 김구석은 환등기를 사고 친척한테서 카메라를 빌려 슬라이드 필름으로 남산을 찍었다. 틈만 나면 사람들한테 즉석에서 슬라이드 쇼를 펼치며 남산을 자랑했다. 1988년 울산에서 경주 사적관리사무소로 근무지를 옮겼다. 이제 마음대로 남산을 찾을 수 있었다. 직장에 손님이 오면 자동으로 김구석이 남산으로 안내했다.

김구석은 부처님마을이라는 단체를 만들어 회원들과 함께 남산에 올랐다. 매립돼 있던 쓰레기를 파내 수거하고 등산길 안내 리본을 일일이 떼어내고, "단풍 참 좋다"며 무심코 지나가던 등산객들에게 남산 진면모를 알려줬다. 처음으로 남산 안내지도도 만들었다. 마애불 앞에서는 "바위에 새긴 게 아니라 바위 속 부처를 드러낸 것"이라고 알려줬다. 그리고 자기보다 더 남산에 미친 대단한 사내와 만났다.

김구석의 스승, 윤경렬

경전처럼 모시고 살던 책 『경주남산 고적순례』의 저자 윤경렬을 만
난 것이다. 윤경렬이 대중을 위한 남산 소개서를 내는데, 출판사에서
필요한 사진을 수배하다가 김구석과 닿았다. 그래서 『경주 남산』(대원
사·1989)이 나왔다.

글은 윤경렬이 쓰고 사진은 김구석과 또 다른 사진가 윤열수가 찍었
다. 김구석은 가슴이 벅찼다. 고등학생 시절 강의를 들으며 남산 애정
을 키웠던 바로 그 윤경렬과 공동작업을 하게 되다니.

1993년 또 윤경렬이 쓰고 김구석이 사진을 찍은 『겨레의 땅 부처님
땅』은 비슷한 때 출간된 유홍준의 『나의 문화유산답사기』와 함께 대한
민국에 문화답사 붐을 일으켰다. 남산은 동네 야산에서 일약 신라 문화
의 발원지로 격상되기 시작했다. 윤경렬은 누구인가.

고미술사의 선구자 고유섭

윤경렬은 함북 주을 사람이다. 토우土
偶에 미쳐서 일본에서 인형 제작을 배워
와 고향에 인형공방을 차렸다. 1939년
이었다. 1943년 윤경렬은 개성에 고려
인형사를 차리고 개성박물관장 고유섭
을 만났다. 고유섭은 이 땅에 숨 쉬는 모
든 미술사학자들이 빚을 지고 있는 고
고미술의 선구자다. 첫 만남에서 고유
섭은 "일본 독기毒氣를 빼려면 10년 걸

린다"며 윤경렬을 쫓아버렸다. 두 번째 만남에서 고유섭은 "백제 얼굴을 보려면 부여로, 신라 얼굴을 보려면 경주로 가라"고 했다.

윤경렬은 경주로 갔다. 유적지를 찾아 실측과 함께 스케치를 하며 신라 얼굴을 찾아갔다. 1954년 경주박물관에 어린이박물관학교를 만들고, 남산을 죽을 때까지 600번은 넘게 갔다. 인형

훈민정음 해례본을 지켜낸 전형필

팔아 번 돈은 답사랑 집필에 다 들어갔다. 그리고 나온 책이 『경주남산 고적순례』이고 『겨레의 땅 부처님 땅』이다.

훗날 경주문화재연구소가 펴낸 『경주 남산』(2002)에는 윤경렬을 '남산에 대한 첫 종합지침서를 쓰고, 남산에 문화적, 인간적 정취를 불러넣은 분'으로 기록돼 있다. 윤경렬은 1999년 11월 30일 경주를 떠나 영원히 하늘로 갔다. 사람들은 그를 '마지막 신라인'이라고 불렀다.

그보다 두 달 전 김구석은 "남산하고 살란다"며 18년 공무원 생활을 때려치웠다. 산에서 만난 아내 임희숙도 찬성했다. 임희숙은 몇 년 뒤 서라벌대 문화재해설과를 나와 2007년 남산 열암곡 계곡에서 넘어진 불상을 발견해 학계에 보고했다.

자, 남산에 미쳐서 뒤늦게 동국대 미술사학과를 졸업하고 대학원까지 입학한 다음에 "도저히 시간이 안 된다"며 생업을 접었으니, 김구석은 학자 말 한마디에 아무 연고 없는 경주로 내려와 뼈를 묻은 스승만

평생 모은 백자를 내놓은 박병래

큰 바보가 아닌가. 그럼 그런 사람이 한 둘인가? 많지는 않았지만 그렇다고 없지도 않았다.

1974년 4월 30일 일흔한 살 생일을 한 달 남짓 앞두고 내과의사 박병래는 국립중앙박물관에 조선백자 362점을 기증했다. 700여 수집품 가운데 고르고 고른 명품들이었다. 국보급, 보물급이 즐비했고 돈으로는 10억 원이 넘었다. 이보다 3년 전 완공된 경부고속도로 총공사비가 429억 원이었다.

모든 일은 1929년 일제 강점기 식민지 조선의 수도 경성에서 시작됐다. 경성제대 부속병원 내과의사 박병래에게 지도교수 노사카가 물었다.

"박 군, 이게 뭔지 알겠나."

그저 그런 하얀 접시 하나였다.

"조선 것은 아닌 듯하오."

스물여섯 먹은 조선인 제자에게 스승이 정색을 했다.

"조선인이 조선 접시를 몰라서야 말이 되는가."

그 순간은 아무 생각 없이 넘겼는데 퇴근하고서 생각하니 분한 마음이 머리끝까지 치밀어 올랐다. 이미 개성開城 주위 산들은 고려청자를 노리는 일본 도굴꾼들이 조선인을 시켜 벌집으로 만들어놓았고, 전국 시골집에 있던 백자는 일본 골동상인들이 훑고 있던 때였다. 돈을 바라고 일본인에 앞장서 뒤지던 조선인도 있었다. 그 날 이후 박병래는 경성에 있는 12개 일본인 골동품상을 샅샅이 뒤지고서야 집으로 가곤 했다.

그러다 보니 보였다. 입원 환자 가족이 들고 온 김치그릇을 보니 청화백자였다. 소변 검사하라는 말에 환자 가족이 꺼낸 오줌통을 보니 청화 소병이었다. 냉면집 젓가락 통을 보니 백자 필통이었다. 그 때마다 족족 사들였다. 주인들에게는 "우리 조상들 예술품"이라며 제 값 치르길 잊지 않았다.

백자 화로를 두고서 "10원도 비싸다"고 하자 조선 예술을 사랑한 일본인 학자 야나기 무네요시柳宗悅가 "12원도 싸다"고 했을 때는 지도교수가 면박을 줄 때보다 더 치욕스러웠다. 한 번 박병래 손에 들어간 백자는 두 번 다시 시중에 나오지 않았다.

광복이 되었다. 1945년 11월 환국한 임정 주석 김구의 탈장 수술을 박병래가 집도했다. 4년 뒤 김구가 안두희의 총에 쓰러졌을 때 달려온 사람도 박병래였고, 김구의 손녀이자 안중근의 외손녀인 김효자를 거둬 키운 사람도 박병래였다. 가난한 대한민국에 만연한 결핵 퇴치에 앞장선 사람도 박병래였다. 박병래는 그 격변기에도 수집을 멈추지 않았다.

세월이 흘러 1973년 봄, 국립중앙박물관 학예연구실장 최순우가 박병래를 찾아갔을 때 박병래는 "백자를 받아줬으면 고맙겠다"고 했다. 고려청자와 달리 백자 소장품은 전무하다시피 했던 박물관에 어마어

마한 수집품을 내놓으면서 "고맙다"고 했다.

　폐암을 앓고 있는 남편을 대신해 아내 최구가 집안 곳곳에 있는 백자들을 찾아내보니 700점이 넘었다. 박병래는 이듬해 명품을 골라 기증하고 한 달 뒤 타계했다. 광복 후 국가에 문화재를 기증한 첫 사례였다. 여기까지가 지금 서울 용산 국립중앙박물관에 백자 전시관인 박병래실室이 있게 된 내력이다.

　국립중앙박물관에는 사람 이름이 붙은 전시실이 아홉 개 더 있다. 박병래, 이홍근, 김종학, 유강열, 박영숙, 최영도, 유창종, 가네코, 하치우마, 이우치실이다.

　개성 사람 이홍근은 선배인 고유섭에게 "문화재의 일본 유출이 걱정"이라는 말을 듣고 평생 문화재를 모았다. 동원산업을 일으킨 이홍근은 1980년 박물관에 수집품 4941점을 기증했다. 청자 한 점이 박물관 예산보다 비쌀 때였다.

　1989년 목공예품 300여점을 기증한 화가 김종학, 규방 사물 631점을 기증한 치과의사 박영숙, 토기 1500점을 기증한 법조인 최영도와 옛 기와 컬렉션을 기증한 법조인 유창종, 그리고 일본인 등 기이한 바보들의 열전을 박물관에서 읽을 수 있다. 광복 후 지금까지 242명이 수집품 2만8000여 점을 박물관에 기증했다. 그러면 김구석은? 현장에서 몸과 시간을 바쳤다.

남산, 세계문화유산이 되다

1996년 김구석은 세 번째로 인도 배낭여행을 떠났다. 불교국가인 신라를 이해하려면 원류인 인도를 알아야 했다. 거대한 종교 유적지 아잔타와 엘로라 석굴에서 김구석은 깨달았다.

"우리한테나 석굴암이고 불국사지, 그 누가 이 거대 유적을 보고 이 작은 대한민국을 찾겠는가. 남산과 석굴암과 불국사는 왜 위대하지? 그걸 어떻게 설명하지?"

이듬해 대학교에 들어간 김구석은 1999년 경주남산연구소를 설립하고 공무원을 관뒀다. 마흔다섯이었다. 인생은 치부致富와는 무관하게

신라 불교문화의 정수를 간직한 경주 남산.

흘러갔다.

김구석은 "어려운 고급 정보 대신 문화유산에 대한 기초 정보를 줘야 우리 문화에 익숙해진다고 생각했다"고 했다. 그래서 학자들이 연구를 하는 사이에 김구석과 연구소 사람들은 현장으로 갔다. 지도와 안내서를 만들어 등산객에게 나눠줬다.

대학 강단에서 남산을 이야기했고, 삼국유사를 강독하며 깊이를 더했다. 불상과 탑 사이에서 극기훈련을 하려는 기업을 막았고, 탑마다 조명을 설치하려는 시도를 막았다.

학계와 관계와 민간이 남산의 진면모를 밝혀낸 끝에 2000년, 드디어 왕릉 13기, 산성 터 4군데, 절터 147군데, 불상 118개를 비롯해 확인된 문화재만 672점이 산재한 이 동네 야산이 유네스코 세계문화유산에 등재됐다. 산이 아니라 웅장한 노천 박물관으로 부활한 것이다. 퇴직한 하급공무원 김구석이 만든 남산연구소는 그 박물관을 찾는 사람들에게 지금도 강의를 하고 있다.

학계의 냉대 속에 세계 최초의 금속활자본 직지심체요절을 찾아낸 박병선, 훈민정음 해례본을 발굴해낸 전형필, 사심 없이 모든 것을 내놓은 박물관의 기증자들, 그리고 평생 남산에 매달린 윤경렬과 김구석. 이들 덕분에 대한민국은 거침없이 앞만 보고 달려와 지금 그 모든 것을 누리는 행복을 갖게 되었다. 그 모든 장엄莊嚴한 바보들에게 경배敬拜!

세한도歲寒圖와 후지스카 지치카시藤塚隣·1879-1948

추사 김정희가 그린 불후의 명작「세한도歲寒圖」는 1944년 서예가이제 화가 소전 손재형이 일본 학자 후지스카 치카시로부터 되찾아온 작품이다.「세한도」는 후지스카가 정식으로 구입한 작품이었다. 손재형과 추사 연구의 일인자 후지스카는 친한 사이였다. 태평양 전쟁이 일본 패배로 흘러가던 1944년 손재형은 3000엔을 들고 연합군 폭격

후지스카 지치카시(오른쪽)

속의 도쿄로 건너갔다.「세한도」이야기를 꺼낸 손재형에게 후지스카가 말했다.

"내 모든 소장품을 내놔도「세한도」는 아니 되오."

90일을 하루도 빠짐없이 가서 무릎을 꿇자 그가 아들 아키나오를 불렀다.

"내가 죽거들랑 손재형 선생에게「세한도」를 내드려라."

손재형이 말했다. "훗날을 기약치 마시라"고. 며칠 뒤 후지스카가 손재형을 불러「세한도」를 건네줬다. 3000엔은 거절하며 이렇게 말했다.

"내가 돈을 받고 내놓는다면 지하의 완당 선생이 나를 뭘로 치부하겠는가."

62년 뒤인 2006년 2월 아들 아키나오는 선친이 가지고 있던 추사
관련 유품 2700여 점을 경기도 과천시에 기증했다. 아무 조건이 없었

세한도(歲寒圖)

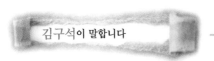

김구석이 말합니다

"좋아서 하다 보니 여기까지 왔습니다. 잘한다, 잘한다고 옆에서 칭찬하니 그만두지 못하
고 이리 됐습니다. 학교에서 이리 배웠습니다. 인류에게 보호할 가치가 인간과 자연과 문화유
산 이렇게 세 가지가 있는데, 그 중 하나를 택한다면 문화유산이라고요. 인간은 버려둬도 생
존본능으로 다시 살게 되어 있고 자연은 훼손이 돼도 스스로 복원할 능력이 있다고 했습니다.

문화유산은 그렇지 못합니다. 자립할 능력도 없고 훼손이 되면 복구가 불가능합니다. 문
화유산은 인류의 자존심이고 인류의 생존 흔적입니다. 대한민국이 가진 위대한 문화유산을
지켜보며 살았습니다. 행복합니다."

15

수출로 이끈
대한민국,
30년 수출맨
김진한

15 수출로 이끈 대한민국, 30년 수출맨 김진한

때로는 간첩처럼

"한국? 당신네 나라에 전쟁 났을 때 우리나라가 구호품 보내줬던 걸로 아는데…. 통신케이블을 만들 수 있기는 한가?"

40년이 지난 이야기를 꺼내는 이집트 체신청장 앞에서 김진한은 기가 막혔다. 김진한은 대한전선 해외영업 과장이었고, 장소는 카이로에 있는 체신청장 사무실이었다. 1990년 그 때, 이집트는 아프리카 시장에 진출하기 위한 관문이었다.

이집트 정부는 400만 달러어치 관급공사를 국제 입찰에 붙여놓고 있었다. 미국 에섹스, 프랑스 알카텔, 이탈리아 피레리, 핀란드 노키아, 독일 지멘스 같은 이름만 들어도 무시무시한 전선업계 맹주들이 이집트 동鋼 통신케이블 시장을 휘어잡고 있었다. 할 말을 고르고 있는 그 앞에서 체신청장이 담배 연기를 뿜었다.

"우리는 미국이나 유럽 케이블만 써봐서, 글쎄…."

욱하고 치밀어 올랐지만 얼굴은 웃었다. 자그마치 400만 달러짜리 갑甲이 아닌가. 일단 가격으로 밀고 나갔다. 그리고 품질도 좋다고 호기 있게 말했다. 김진한은 최저가격을 써넣고 케이블을 수주했다. 문제는 그 다음이었다. 생판 듣도 보도 못한 나라의 무명 기업에서 감히?

몇 달 뒤 체신청은 그 제품 샘플과 납품실적 증명서를 요구했다. 샘플 물량은 1.5미터, 증명서는 당연히 영어였다. 대한전선은 이집트 체신청이 요구한 제품을 납품한 실적이 없었다.

수출현장에서 영업은 공작工作이다. 영업맨은 공작원이었다. 수단과 방법을 가리지 않고 물건을 판다. 고지高地가 하나밖에 없다면 고지 점령군을 끌어내려야 전선을 확장할 수 있다. 수출 전선에는 총과 수류탄과 포탄은 없지만, 공작으로 고지를 점령해야 물건을 팔 수 있다.

김진한 또한 공작원과 비슷했다. 신생 주자走者에게 들어올 반격은 충분히 예상했다. 김진한은 곧바로 1.5미터가 아니라 200미터를 칭칭 감은 통신케이블 한 드럼을 비행기로 보냈다. 하나 더 있었다. 국내 한 공기업용 납품 실적증명서에 같은 모델 케이블을 슬쩍 리스트에 끼워 넣고 영어로 번역했다. 번듯한 실적증명서와 샘플 수준을 넘은 샘플에 체신청과 타 업체들은 뒤통수를 맞은 듯한 충격을 받았고, 케이블은 무사히 현장 검사를 통과했다. 가격도 낮은데다가 품질은 더 좋았다.

이후 대한전선은 이집트를 시작으로 아프리카 시장을 조금씩 침투해 들어갔다. 아프리카 대륙을 나눠먹던 미국과 유럽 업체들은 뒤로 밀려나고, 2000년대 초 대한전선은 아프리카 동銅 통신케이블 시장 40퍼센트를 장악했다. 2등 없는 1등이 된 것이다.

당시 아프리카 대륙 전체 케이블 시장은 연 3억 달러에 통신케이블은 3000만 달러 정도였다. 그 가운데 1200만 달러가 대한전선 몫이었다. 경쟁업체였던 이탈리아 피레리 간부들은 국제회의에서 대한전선 간부를 만나서 말했다. "너희 미스터 킴이 우리 죽였다"고.

4년 뒤 미스터 킴은 카이로 람세스 힐튼호텔에서 바이어와 저녁을 먹다가 외국인만 쏴대는 테러리스트들 총알을 겨우 피했다. 그리고 2006년 남아프리카공화국에 대한전선이 만든 전선회사 CEO로 있다가 의문의 권총 테러를 당해 또 죽을 뻔했다. 이쯤 되면 '공작원 같은'이 아니라 공작원, 아니 스파이다. 그랬다, 그 무렵 우리 영업맨들의 일상은.

종합상사의 탄생

1차 석유 위기를 넘기고도 숨 한번 제대로 못 쉬며 긴장했던 1975년, 수출로 먹고 살기로 작정한 대한민국에 특단의 조치가 필요했다. 광복이 된지 30년이 지났지만 대한민국은 여전히 무명 국가였다. 아무리 뭘 만들어놓아도 그 초라한 국격國格과 브랜드 가치로는 팔 길이 없던 시절이었다. 만든 물건을 해외에 팔아줄 상인이 필요했다.

정부는 많이만 팔아주면 세금도 대출도 혜택을 주는 기업 제도를 만들었다. 혜택을 주는 대신 조건도 엄격했다. 대한민국 전체 수출액의 2퍼센트 이상을 팔아야 하고, 30개국 이상에 100만 달러 이상을 팔아야 했다. 종합상사는 2009년 공식적으로 각종 지원 혜택이 폐지될 때까지 수출 입국立國과 수출 보국報國을 책임지는 첨병 역할을 했다.

종합상사 명함을 들고 돈 되는 곳을 찾아 지구를 이 잡듯 쑤시고 다닌 사람들이 상사맨이었다. 2014년 대한민국을 휩쓴 드라마 「미생未生」에서 봤듯, 러시아어면 러시아어, 독일어면 독일어로 척척 응대하며 거래를 하는 명문대 출신 청년들이 대거 종합상사로 몰려들었다. 그들이 일한 곳은 책상머리가 아니라 사막이었고, 한 일은 장부 정리가 아니라 영업이었다. 상사맨들은 "알래스카에 가서 냉장고를 팔고 사하라에서 난로를 판다"고 했다. 전쟁과 비슷했다.

1975년 레바논 베이루트에 부임한 스물아홉살 먹은 삼성물산 과장 김재우는 석 달 만에 돈이 딱 떨어졌다. 한 푼도 없었다. 송금 체계가 원활하지 않다보니 벌어진 일이었다. 문득 보니 서울 본사 건물에 들어와 있던 은행 지점 간판이 보였다. 무작정 들어가 부지점장을 면담했다.

"댁의 서울지점이 우리 회사 건물 세입자다. 확인해보고 대출 좀. 단, 당신이 도와주면 돈은 빨리 갚을 수 있다."

금방 친구가 된 부지점장은 아르메니아 상인을 소개시켜줬다. "이 자의 아버지는 무게로 달아 산 헌옷을 한 벌씩 팔아 떼돈을 벌었고, 본인은 돈이 되면 피로 뽑을 자"라고 소개했다. 얼마 뒤 아르메니아인이 물었다.

"당신네 회사, 군복도 하나?"

1초도 쉬지 않고 김재우가 대답했다.

"섬유 전문회사다. 군복 전담과도 있으니 나한테 맡겨라."

옷 쪼가리 팔아봐야 얼마 벌겠나 싶었지만, 무조건 예스라고 대답했다. 군복 전담과도 없었고, 군복이 무역의 대상이 된다는 사실조차 금시초문이었다. 김재우는 훗날 "식은땀이 엉덩이까지 흘렀지만, 말을 더듬었다가는 장사판에 끼지도 못할 판이라 무조건 배짱을 부렸다"고 했다.

다음날 김재우는 대한무역투자진흥공사KOTRA 지점으로 달려갔다. 코트라 견본실 한구석에서 본 군복이 떠올랐다. 재질 설명서까지 붙어 있는 군복이 얌전하게 누워 있었다. 그 군복을 집어드는 바로 그 순간 삼성물산에는 특수사업부가 탄생했고, 군복 전담과가 탄생해버렸다.

며칠 뒤 김재우는 아르메니아 상인이 데려온 사우디아라비아 거물 바이어와 함께 사우디 군부대에 갔다. 세상에, 병사들이 미국, 영국, 프랑스, 캐나다에서 용도 폐기된 갖가지 군복을 입고 있는 게 아닌가. 거물 바이어가 말했다.

"저 놈들에게 다 유니폼을 입힐 것이야."

옷 쪼가리라고? 자그마치 1억 달러짜리 거래였던 것이다. 며칠 뒤 김재우는 바이어를 모시고 서울로 날아갔다. '1년 전부터 운영 중인' 급조된 군복 전담과가 이들을 맞았다. 몇 달 뒤 입찰이 진행됐고 냄새를 맡은 다른 거물들이 달라붙었다. 초조하고 지루하게 시간이 흘러갔다.

베이루트로 돌아간 김재우는 100달러짜리 양주를 마시면서 속을 누르며 살았다. 1976년 1월 6일, 양주를 막 비우던 그에게 사우디 바이어가 흥분한 목소리로 전화를 했다.

"그 동안 술값이 9800달러라며? 여기 와서 1만 달러 채우자고."

신용장 한 장에 적힌 숫자는 $101,000,000. 1억100만 달러였다.

삼성물산의 리비아 트리폴리 지사장 김달호는 난로를 팔아먹었다. 사막의 밤과 겨울은 한국인 예상과 달리 난로가 필요할 정도로 춥다. 김달호는 난로를 쓸 생각을 하지 못하는 리비아 시장 맹점을 적확하게 찔렀다. 국가지도자 가다피가 전 국민에게 난로를 배급하려는 계획을 세웠다는 정보도 큰 도움이 됐다.

물량은 매년 300만 달러어치로 모두 2000만 달러어치. 컨테이너 273개가 동원됐다. 진짜로 사막에 난로를 팔아낸 것이다. 김달호는 난로를 비롯해 모두 1억 달러어치를 수출하고 산업훈장을 받았다. 2015년 현재 김달호는 코스타리카 정부 경제자문관으로 일한다. 원조받던 나라에서 원조해주는 나라로 바뀐 살아있는 모델이다.

사막의 양고기 파티

:

이집트 다음 차례는 서쪽 리비아였다. 돈이 되면 어디든 가야 했고 무엇이든 해야 했고, 손해도 봐야 했다. 종합상사를 통하지 않고 직거래를 택한 김진한은 상사맨처럼 움직였다.

1990년대 초 리비아는 국가 지도자 가다피에 의해 국가 개조사업
이 벌어지고 있었다. 사하라를 꿰뚫고 대수로 공사가 벌어졌고, 곳곳
에 도시가 건설되고 있었다. 이 큰 시장을 놓칠 수 없었다. 리비아 통
신케이블은 이탈리아 피레리사가 30년째 독점하고 있었다. 이탈리아
에서 리비아까지 선박으로 12시간이면 닿고, 부산에서 리비아 트리폴
리까지는 한 달이 걸렸다. 가격도 가격이지만 납품 시한이 더 문제였
다. 어렵사리 계약을 따냈는데 생산에 차질이 생겼다. 김진한이 간부
회의에 요청했다.

"돈보다 신뢰다. 항공으로 운송하자."

대한항공 화물기 2대와 전세 낸 홍콩 화물기가 동원돼 1차 물품 전

수출 물량을 싣고 있는 화물기.

량을 항공기로 배달했다. UN 제재 중이던 때라 인근 튀니지 제르바 공항에 도착한 뒤 트럭에 나눠싣고 밤새 달렸다. 전량이 납기에 맞춰 트리폴리에 도착했다. 대신 적자였다. 체신청 구매국장이 김진한에게 말했다.

"납기를 연장해줄 수 있었는데, 왜 손해를 봤나."

목소리에는 흐뭇함이 묻어 있었다. 이후 체신청장과 구매국장은 김진한을 '형제'라 부르며 수시로 집으로 불러 밤새 양고기 파티를 벌이곤 했다. 아랍에서 금지된 술도 밤새 퍼마셨다. 피레리가 독점했던 리비아 통신케이블 시장은 절반이 대한전선에 돌아갔다.

하지만 김진한처럼 제조업체가 영업과 판매를 하기에는 여력이 없었다. 종합상사는 그 여력 없는 기업을 대신해 판로를 뚫고, 아이템을 찾아내는 역할을 했다. 시장이 있는 곳에는 어김없이 상사맨이 있었다.

초창기 종합상사 회의실에는 항상 세계지도가 펼쳐져 있었다. 회의는 단순했다. 지도에 점을 딱 찍고서 팀장이 선언한다. '이번에는 여기로 간다.' 북극이든 사막이든 시베리아 동토凍土든, 상사맨들은 갔다. 그 결과 1980년 5월 19일 미국 주간지 《USA 뉴스 앤드 월드리포트》는 이런 기사를 실었다.

"한국이 종합상사 체제를 도입한 이래 수출이 급격히 성장해 일본과 비슷한 양상의 무역그룹으로 부상했다."

바야흐로 대한민국이 부활하기 시작했다.

1981년 2월 종합상사 텔렉스실은 1초의 여유도 없었다. 스무 평 남짓한 텔렉스실에는 35개 해외지사망에서 정보를 쏟아내고 있었다. '이집트 직물류 40만야드 95만4000달러 오더 확정.' 텔렉스실은 인간으로 치면 신경망에 해당했다. 삼성, 대우, 현대, 효성, 국제, 쌍용 등 종합상사 텔렉스실에는 텔렉스요원 수십 명이 24시간 왕래하는 정보를 취합했다.

하루에 교신하는 정보는 1000~2000건이다. 수출 상품 가격, 물량, 정치, 경제, 사회, 문화, 바이어의 일기, 가정생활 기타 등등 오만잡사들이 수집된다. 경기가 좋으면 텔렉스실은 시끄럽고, 불황이면 조용하다. 1981년 각사 텔렉스실은 너무너무 시끄러웠다. 경기가 부활하고 돈이 돌아간다는 이야기였다. 상사맨들이 쉴 틈이 없었다는 말이다.

"무슈 손, 제 곁에 앉아요. 파바로티 얘기를 좀 더 하고 싶군요."

열병합발전소 석탄 가루 처리 시스템을 제작하는 프랑스 회사 사장 아내가 말했다. 일본 도요엔진과 함께 한국 내 처리시스템 판매권을 놓고 겨루는 삼성물산 손모 대리는 제작사 사장 아내가 클래식 음악에 조예가 깊다는 '정보'를 무기로 달려들었다. 사장 집 파티에 무작정 찾아간 그는 꽃다발과 파바로티 레코드판을 내밀었다. 파티가 끝나고도 새벽까지 이어진 대화에는 남편도 동참했다. 삼성물산은 독점 공급권을 따냈다.

삼성물산 나이지리아 지점은 주택 사업이 한창인 나이지리아에 합판을 팔았다. 동남아에서 수입한 원목을 가공해 나이지리아로 보냈다. 그런데 지점장이 6개월을 살면서 보니 그 찌는 더위를 이기려고 사람들이 짠 음식을 먹고 있지 않은가.

그러면 소금은 어디서 나는 거지? 조사해보니 100퍼센트 수입품이었다. 6개월 뒤 나이지리아 수도 라고스에 있는 합판 거래선들은 모두 소금장사로 변신했다. 합판보다 이윤이 더 남았다. 본사에서 간부들이 왔을 때, 지사에서는 귀한 라면과 소금으로 간을 한 부추김치로 잔치를 벌였다.

이집트에서 시작한 김진한의 케이블 장사는 남아프리카공화국에서 끝났다. 2000년 6월 망해가던 남아공 케이블회사를 아예 인수해버린 것이다. 유럽계 2개 회사가 장악했던 통신케이블 시장에서 엠텍은 1위를 차지했다. 그 때 3개사가 서로 협력관계였는데, 한 회사가 협력관계를 깨고 배신했다. 그래서 김진한이 그 사장에게 말해줬다.

"마피아가 아니라서 팔목은 자르지 못하겠고, 경고만 하는데, 장사포기해라."

결국 그 회사는 시장에서 완전히 퇴출됐다. 몇 년 뒤 김진한은 무장괴한 2명으로부터 총격 테러를 당했다. 훗날을 짐작해 승용차에 방탄시설을 해둔 덕에 죽지는 않았다.

그 때까지 김진한은 이집트에 1억 달러, 이란에 5000만 달러어치 전선을 팔아치우고, 남아공회사 엠텍은 인수 이듬해 흑자로 돌아섰다. 김진한은 2010년 4월 30일 청년기와 중장년기를 보낸 회사에서 퇴직했다. 1980년 5월 1일 가죽장갑 회사에서 해외영업을 한 이후 딱 30년 만이었다.

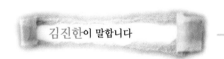

김진한이 말합니다

"제 아들은 해병대 소위이고 딸은 사우디항공 승무원입니다. 저를 따라 어린 시절을 외국에서 보냈습니다. 외국 생활이 한국보다 훨씬 긴데 부모의 말도 따를 줄 알고 잘 컸습니다. 대견스럽습니다. 가족에게 빚이 많습니다.

저는 만 30년 수출에 몰두하고 살았습니다. 죽을 고비도 넘겼습니다. 다 나를 위한 길이고 가족을 위한 길이고 회사를 위한 길이며 나라를 위한 길이라고 생각했습니다. 좋아서 한 일이어서 신명나게 일했습니다. 선배 수출인들에게는 경의를 표합니다. 그 험한 길을 어떻게 이리 굳게 다져주셨는지요. 선배들께 감사합니다."

일흔두 살
한행태의
행복한 인생

16 일흔두 살 한행태의 행복한 인생

한행태는 열심히 살았다. 일흔두 살 되도록 열심히 살았다. 자기는 야간 중학교밖에 가본 적 없지만, 일곱 처남 다 키우고 아이 셋 다 대학 보내고 아내도 대학교에 보냈다. 가족들 학비를 보낸 날 저녁이면 한행태는 단골 술집에서 깡소주를 마셨다. 김치 한 점에 소주잔 털어 넣고선 혼자서 이렇게 중얼거렸다.

"이야, 진짜 달콤하다!"

남 보란 듯 명예와 부는 쌓지 못했지만, 한행태는 참 열심히 살았다. 한행태는 6·25전쟁과 지독한 가난과 월남전을 겪었고, 고속도로를 타고 달려가는 대한민국과 자고 일어나면 솟아오르는 아파트 숲을 목격했으며, IMF를 탈출해 발전하는 대한민국을 보았다. 대한국인大韓國人 한행태가 말한다.

자동차 기술자로 시작한 어린 인생

:

나 한행태는 1944년 8월 2일 부산 동구 수정동 산북도로에서 태어났다. 천성이 참을성 있고 마음이 넓으신 어머니 함자는 최차남이다. 2015년 현재 어머니는 93세이지만 놀랄 정도로 건강하다. 가난했던 어린 시절 어머니의 고생은 나에게 어머니를 위해 잘 살아야 한다는 강한 의지를 주었다.

아버지는 든든한 가장이 아니었다. 심신에 심한 병을 앓고 계셨다. 내가 여섯 살 무렵부터 정신 질환으로 어머니를 의심하며 매질과 폭언을 일삼으셨다. 하루도 편한 날이 없었다. 어머닌 우리 6남매 생활을 책임지느라 심한 고생을 하셨다.

내가 중학교 때 여고생이던 큰누나가 폐병으로 죽었다. 드문 일이 아니어서 그 때 내가 슬프거나 놀랐던 기억은 없다. 대신 어린 나이에 나는 결심했다. 비극적인 어머니의 삶에 조금이라도 내가 도움이 되었으면 좋겠다는 생각, 어머니를 위해 살아야 한다는 굳은 마음을 먹었다.

뒷날 아버지 병이 어디서 왔는지 우리 가족들은 알게 되었다. 내 동생이 한 국립대학교에 합격했을 때 가족 사항을 조사하기 위해 보안대에서 찾아온 적이 있었다. 그들은 아버지가 독립군들을 돕다 일본에서 옥살이를 하셨다는 사실과 벌금형을 받고 풀려났다는 사실을 말해주었다.

아버지는 젊은 시절 일본으로 무작정 건너가셨다. 부두에서 일하는 조선인 노동자들에게 편지를 읽어주고 대필을 해주셨다. 아버지는 독립운동을 하던 이들과 연을 맺었고, 그들의 편지를 한두 차례 대필해주셨다가 순사에게 잡혀 들어갔다.

그때 옥에서 받은 고문은 아버지의 신체와 정신을 병들게 했다. 일본 당국은 주거지를 부산 영주동으로 제한해 배를 태워 한국으로 보냈다. 아버지의 과거를 알게 되고 난 후 모든 의문과 원망이 해원됐다. 원망은 줄었지만, 이후로도 아버지는 늘 가족을 괴롭혔다. 경찰관만 보면 작대기를 들고 쫓아나가 가족들 애를 먹였다. 내가 스물여덟 살 때 아버지께서 돌아가셨다. 많이, 크게 울었다.

1951년 나는 초량국민학교에 입학했다. 산에서, 오솔길 뒤 높은 계단에서 입학사진도 찍고 공부도 했다. 학교에는 미군이 주둔 중이었다. 어느새 학교에 가기 전 버릇처럼 들리는 곳이 생겼다. 담벼락에서 서성이면 미군들이 껌이나 노란 밀감을 주었다. 전쟁은 어린 나와 상관없었다. 가난했던 조국과 처절했던 삶의 현실을 인식하기엔 너무 어렸다.

어머닌 힘든 환경 속에서도 아버지의 병을 고치려 정신없으셨다. 넉넉지 못한 살림살이로 집안은 매일 매일이 전쟁 같았다. 국민학교 6년 내내 나는 월사금을 내지 못했다. 반 친구 예닐곱 정도가 그랬다. 월사금 내지 않은 아이들 명단을 들고서 고민하던 담임선생님 표정이 지금도 기억난다.

눈치는 있어서 우리는 선생님 말씀이 끝나기 전에 누가 시키지 않아도 책보자기를 펴 국어책과 셈본 책을 싸서 허리에 동여 메고 교실 문을 나섰다. 누가 붙잡아주지나 않을까 기대하며 운동장을 한참을 서성이다 힘없이 교문 밖으로 걸어갔다. 어린 마음들은 학교에서 멀리 가지 못했다. 학교가 잘 보이는 언덕으로 올라가 엎드려 체육시간을 보고, 다음 국어시간 지나고, 수업을 끝내고 나오는 동무들이 교문으로 쏟아질 때 쯤 우리도 집으로 돌아갔다.

집으로 돌아가면 동생들만 있었다. 아버진 투병 중이라 옆방에 계셨지만 그 방으로 들어가진 않았다. 공부는 잘하고 있는지, 공부를 해야 훌륭한 사람이 된다든지 하는 이야기를 해준 사람은 누구 하나 없었다. 나 또한 공부가 중요한 것인지 알지 못했다.

6년이란 시간은 그렇게 흘렀다. 한글 받침에 여전히 자신이 없었고 한자공부는 독학을 해야 했고 그나마 신문 정도 보는 수준이었다. 2011년부터 일기를 하루도 빠짐없이 쓰다 보니 이제 글을 쓸 줄 안다.

6학년 담임 손용필 선생님은 빛을 던져주신 분이다. 그 분 같은 사람이 한 사람만 더 있었더라도 나의 삶은 또 달라졌을 수도 있었다. 초량 국민학교 졸업을 몇 달 앞두고서 손 선생님은 매일 시간을 정해 놓고 좋은 목소리로 책을 읽어주시곤 하셨다.

내가 책에 흠뻑 빠질 수 있는 유일한 시간이었다. 열세 살 때 나는 로빈슨 크루소를 처음 접하게 되었다. 로빈슨이 무인도에 도착하고 가상 일기를 썼다는 이야기는 아직도 나에겐 잊지 못할 감흥을 준다.

중학교 배정 날짜가 다가왔다. 넉넉한 집 친구들은 500원짜리 원서를 여러 장 사서 중학교에 지원했다. 난 형편이 되지 않았다. 응시 마지막 날 손 선생님은 아이들이 쓰다 버린 원서 몇 장을 휙 뿌리며 복도를 지나가셨다.

우리들은 무엇을 던지는지도 모르고 종이들을 잡아챘다. 나 또한 한 장 얻을 수 있었다. 덕분에 동아중학교에 입학했다. 중학교 문턱이라도 밟아 볼 수 있었던 것은 모두 손용필 선생님 덕분이다. 스승의 그림자도 밟지 말라고 했던가. 지금에야 그 뜻을 알게 되었다.

중학교 1학년 담임 박소출 선생님은 "돈도 벌고 졸업도 하려면 야간 반으로 옮기라"고 했다. 박 선생님 조언 덕분에 나는 기술도 배우고 중학교도 졸업할 수 있었다. 스승의 그림자도 밟지 말라고 했던가. 이 나이 든 제자 지금에 와서야 스승의 은혜를 알게 되었다.

야간 중학교 시절, 오전엔 진종일 아무 일 없이 빈둥거리다 오후 6시쯤 되어서야 학교에 갔다. 이종사촌 형이 다니는 자동차 공장에서 기술을 배우고 싶다는 생각이 들었다. 6살 많은 형이었다. 자동차 기술자였다. 형은 내가 아직 어리니 학교 졸업 후에 이야기하자고 했다. 나는 진종일 일 없이 있기 싫었다. 처음엔 완강히 거절했지만 시간이 지나자 형은 내가 따라다니게 놓아두었다. 난 15살에 자동차 공장 보조를 시작했다.

당시는 자동차 산업 발전 초기였다. 이제 막 대한민국의 자동차들이 만들어졌고 버스들이 우리 일꾼들에 의해 만들어지던 시기였다. 몇 년간 기술을 배우고 어느 정도 경험도 쌓아 나는 제법 숙련된 기술자가 될 수 있었다. 그 때 다짐했다.

"나는 못 배웠어도 동생들은 끝까지 책임진다."

나는 동생들을 좋은 학교 보내서 우리 가족 호강시키겠다고 다짐했다. 눈앞에 보이는 논을 사는 대신에 머리를 사겠다고 다짐했다. 나는 오른손으로는 노동을 했고 왼손으로는 절약을 했다. 칠십 평생 지켜 온 신조다.

1960년 3월 중학교 졸업과 함께 나는 부산역 앞 대일신차제작공업사에 들어갔다. 밀양으로 이사해서는 농기구제작사에서 자동차를 고치는 판금 일을 했다. 그 사이 어머니는 이불공장에서 솜이불을 누벼주고 돈을 벌었다. 통조림공장에서도 일했다. 항구에서 생선을 떼 와서 밀양, 원동으로 돌아다니며 쌀과 바꿔오기도 했다. 그러다 1965년 10월 3일 나는 청룡부대 부대원으로 월남행 수송선을 탔다.

"나 죽으면 보훈연금이 나오겠지"

1964년 8월 3일 태양이 내리쬐던 날이었다. 부산역에서 진해 해병대 훈련소로 가기 위해 열차에 올랐다. 훈련을 마치고 자대 배치를 받은 뒤 이듬해 월남 파병을 자원했다. 죽을 수도 있다고 생각했다.

고국 땅을 다시는 밟을 수 없으리라는 두려움이 있었지만 총 맞아 죽으면 어머니와 동생들에게 나의 보훈 연금이 도움이 되리라고 생각했다. 꼬박꼬박 나올 월급 35달러도 탐이 났다.

월남전에 차출된 아들을 가진 가족들은 심한 불안과 슬픔을 겪어야 했다. 아들들이 살아서 돌아오리라 아무도 확신하지 못했다. 극심한 공포에 탈영을 하는 이도 있었다. 어머니도 예외는 아니셨다. 1965

년 여름 포항훈련소에 어머니가 면회를 오셨다. 어머니는 보자기에 바지 한 벌과 먹을 것을 싸오셔서는 당신과 도망가자고 하셨다. 난 웃으며 걱정하지 말라고 당부하고 가시는 길을 배웅했다. 위병소를 떠나는 어머니가 포항 시내를 헤매시며 내 걱정을 할 거라는 생각에 가슴이 미어졌다.

우리 수송부대는 전투부대를 따라 캄란에서 투이호아, 퀴논 전선을 돌아다녔다. 보초를 설 때면 나는 이면지에 글을 썼다. 야자수, 달밤, 포성, 전투…. 그런 단어들이 기억이 나는데, 몇 뭉치나 되던 그 글들을 귀국할 때 버리고 온 게 지금도 후회스럽다.

"자네 동생이 두 달이 넘도록 중학교를 가지 않는다네."

1965년 9월 20일 포항에서 열린 청룡부대 창설식. 한행태는 청룡부대원으로 월남으로 떠났다.

이웃 선배가 보낸 편지 한 통에 나는 무척 화가 났다. 나는 "동생을 학교에 보내지 않으면 탈영해버리겠다"고 편지를 썼다. 얼마 후 어머니에게서 답장이 왔다. "네가 매달 보낸 달러는 막내 삼촌 장가 빚을 갚는 데 썼고 나머지 돈으로 동생을 중학교에 보냈다"고 적혀 있었다. 다행히 나는 죽지 않고 귀국해 1967년 1월 병장으로 제대했다.

아홉 살 아래인 남동생은 중학교 2학년이었다. 돈이 없어서 못했지, 한번 공부를 시작하니 무척 잘했다. 동생은 죽으라고 공부를 했다. 친구에게 부탁해 부산중학교 다니는 친구 동생과 내 동생 공부 실력을 겨뤄 보자고 청했다. 친구는 내 동생에게 과외선생을 붙여서 남은 중학교 기간에 그의 실력을 향상시켜야 한다고 조언했다.

지금 생각하면 동생이 부럽기도 하다. 동생한테는 공부가 인생에서 중요하다는 것을 알려줄 형이 있지 않았나. 동생은 지금 누가 봐도 번듯한 사회적 지위에 올랐다. 물론 그의 피나는 노력이 있었다는 것은 두말 할 것도 없다.

월남에 있는 동안 불도저 시장 김현옥은 부산을 개벽시켜 놓았다. 항구는 반듯해져 있었고, 거리에 전차는 사라지고 자동차들이 거리를 메우기 시작했다. 단연 자동차 분야는 많은 인력을 필요로 했다. 제대 두 달 뒤 나는 부산 전포동에 있는 신진공업사에 들어갔다. 우리나라 최초로 버스를 만든 회사였다.

나는 신진공업사에 다니며 중앙시장에 양화점을 차렸다. 고가품인 구두를 팔면 큰돈을 만진다는 생각에 뛰어들었지만 기술 부족으로 실패했다. 나는 자동차 기술자로 돌아갔다.

1972년 나는 울산 현대자동차 판금부에 입사했다. 회사 정문 앞에는 논밭이 펼쳐져 있었다. 입사 1년 전 나는 친척 주선으로 강원도 아가씨 백미자와 결혼했다. 삼척 궁촌리에서 올린 결혼식에는 많은 하객이 와서 축하했다. 하객 중에는 처남이 일곱 명 있었다. 우리는 회사 근처 손정갑이라는 분의 집에 살림집을 차렸다. 월세가 2500원이었다.

일곱 처남은 국민학교만 졸업하면 울산 우리 집으로 데려와 키웠다. 다락 하나 있는 두 칸짜리 집은 늘 가족이 바글바글했다.

"매형이 아니라 대한민국 국민으로 얘기한다. 기술을 배우고 성실하게 살아라."

처남들에게 늘 했던 말이다. 착하고 성실한 처남들은 지금 모두 울산에 행복하게 잘 산다.

경부고속도로에 버스와 새마을차, 그레이하운드가 달렸다. 1974년에는 포니가 나왔다. 우리는 아침 8시에 칫솔 하나 들고 출근했다. 밤 10시 퇴근은 조퇴였고, 12시 퇴근은 정상이었다. 월급은 2만 8000원이었다. 석 달에 한번 보너스가 나왔다. 조퇴 하면서 동료들과 막걸리에 회를 아무리 먹어도 100원이 넘지 않았다. 막걸리 한 되가 18원이었다.

나라에는 늘 시간이 부족했고, 가정이라는 너른 논에는 물이 넘치는 시절이었다. 착한 사람들이 비운을 맞기도 했다. 콘크리트 믹서트럭 내부에 사람이 있는 줄도 모르고 믹서를 작동해 사람이 흔적도 남기지 않고 죽기도 했다. 그레이하운드를 조립할 때에는 기중기에 버스가 깔려

1997년 연말 몰아닥친 IMF 외환위기. 한행태는 택시를 몰며 가난한 대한민국을 목격했다.

사람이 죽었고 작업장 대형 선풍기가 넘어져 여럿이 다치기도 했다. 그 사이에 두 딸과 아들이 태어났다. 내 인생 목표이자 종착역인 내 가족이었다.

1979년 현대자동차 새 공장이 완공되고 나는 퇴사했다. 어깨 너머 배운 기술로는 더 이상 젊은 기술자들과 경쟁할 수가 없었다. 나는 작업용품 납품상을 차렸다. 삼척에서 온 처남들은 이 상점에서 일을 하다가 큰 직장을 얻어 나갔다. 부품에 대해 변변한 지식 없는 사장과 직원들이 꾸려간 상점이니 경영이나 기술적인 발전에 한계가 있었다.

결국 6년 만인 1985년 가을 부품상은 소임을 다하고 문을 닫았다. 우리는 울산 집을 정리하고 서울 불광동으로 올라왔다. 외려 홀가분했다. 동생 셋 대학을 졸업시키고 처남들 독립시키고 나서 내 아내와 아이들에게 인생을 집중할 수 있었으니까. 나라가 안정되면서 그때 많은 시골사람들이 서울로 올라왔던 걸로 기억한다. 나중에 TV에서 「서울의 달」이라는 드라마를 보며 고단했던 그 때를 많이 생각했다.

1987년 서울, 따뜻한 이웃들

마흔한 살짜리 가장에게 서울은 따뜻했다. 아시안게임이 열리던 해, 이웃 분이 자기네 양돈장 한 켠을 내줘 경기도 고양시에 양돈장을 차렸다. 이듬해에는 양돈을 하면서 알게 된 중국음식점 사장이 배려해 일산시장 식당 앞에 리어카를 놓고 열쇠 수리점을 차렸다. 비를 맞는 내 몰골을 보다 못한 그 분이 담벼락 한쪽을 비워줬다.

거기에 벽돌을 쌓고 간이상점을 만들어 열쇠도 만들고 크고 작은 공구도 팔았다. 남대문시장에 가서 일주일 동안 열쇠 만드는 기술을 배웠다. 공구를 사러 청계천 공구 거리에 가니 울산 시절 거래했던 사람들이 나를 기억하고선 "팔면 값으라"며 물건을 외상으로 안겨줬다.

시장터에는 길 잃고 우는 아이들이 자주 있었다. 그 아이들에게 하드를 사주고 노끈으로 허리를 묶어 가게에서 달래고 있으면 엄마들이 울며불며 자식을 찾으러 오곤 했다. '뚱뚱이 아저씨 열쇠집'은 어느 틈에 시장통 여자들 사랑방이 되었다. 뚱뚱이에게 일감이 밀려들었다. 특히 문틀 고칠 사람 찾아달라는 문의가 많았다. 1987년 슬슬 수도권이 개발되던 시기였다.

그 해 11월 나는 알루미늄샤시 제작사를 차렸다. 이듬해 2월 아파트 담장 펜스와 철물공사를 따냈다. 곧바로 서울 녹번동에 있는 아파트 방화문 공사도 따냈다. 88올림픽이 열렸다. 일감이 폭주했다. 아이들 학비와 생활비를 벌고 저축도 할 수 있었다. 의리와 따뜻한 마음을 가진 이웃사촌 덕에 벌어진 기적이었다.

올림픽 이후 전국 부동산이 들썩였다. 1989년 나는 파주 야산에 있는 땅을 사서 섀시 공장을 차렸다. 실수였다. 외진 곳이라 손님이 없었다. 어느 틈에 정신을 차리고 보니 일이 딱 끊겨 있었다. 이웃들 덕에 여기까지 왔는데 나는 내 잘났다는 생각만 한 것이다. 1992년 겨울 아이들이 대학교에 다닐 때였다.

또다시 빈곤이 찾아왔다. 변화와 발전을 위해 용기가 필요했다. 불광동 종점 부근에 서 있는 택시들을 보고 무작정 중화동에 있는 신라택시에 찾아갔다. 운전기사가 귀할 때라 금방 취직이 됐다.

처음 택시를 몰고 나간 날 나는 너무 서툴렀다. 상경한지 꽤 지났지만 서울 지리에 밝지 못했다. 잊지 못한다. 서울역 앞 고가도로며 삼각지 로터리 고가도로에서 나갈 길을 잃고 모골이 송연했던 기억, 수시로 손님들에게 가족 생계 핑계를 대고 머리를 조아렸던 기억. 좌절감과 열패감이 이루 말할 수 없었다. 나의 걱정이 식구들에게 또 다른 걱정이 될까 그게 또 걱정이 돼서 집 식구에게도 이야기할 수 없었다.

나는 회사 허락을 받고 부산으로 내려가 석 달 동안 운전 연수를 받고 올라왔다. 아이들 셋과 집에 있는 아내를 생각하면 포기 할 수 없었다.

하지만 고생은 아무 것도 아니었다. 하루하루 번 돈을 모아 아이들 등록금을 부칠 때마다 나는 견딜 수 없을 만큼 달콤하고 행복했다. IMF도 택시 운전석에서 넘겼다. 집도 사고 두 딸 시집도 보냈다. 나 스스로가 가장 자랑스럽고 행복했던 시절이었다.

그 사이 아내는 아이들 교과서를 함께 공부하면서 가르쳐 아이들을 대학에 보냈다. 두 딸이 시집갈 무렵 아내는 중고교 과정을 뒤늦게 마치고 2002년 대학교에 합격했다. 내 아내는 2010년에 대학교 졸업장을 받았다. 아이들도 모자라 아내가 공부하는 데 뒷바라지까지 했으니, 이렇게 달콤한 일이 또 어디 있다는 말인가. 나는 복이 많은 사람이다.

나는 지금 서울 구기동에 있는 오피스텔 경비실에서 이 글을 쓴다. 2005년 내 가족을 살려준 운전대를 놓고 이듬해 경비원으로 취직했다. 난 이곳에서 많은 생각을 하고 노년에 많은 꿈을 가진다. 과거를 돌아보면 자부심과 자신감이 동시에 생긴다. 어머니는 장수하시고, 동생들은 행복하게 함께 늙어가고, 처남들 또한 행복하고 아들딸은 다 잘 컸다. 내 머리는 아내가 늘 깎아준다. 호기 있게 살고 싶었지만 그러진 못했다. 대신 가족을 위해 살겠다는 결심은 평생 지켰다.

광복 한 해 전에 태어났으니 나는 대한민국과 함께 세월을 살아왔다. 내가 가난을 탈출하는 동안 대한민국은 위대한 나라가 되었다. 번듯한 재산도 명예도 없지만, 자랑스럽다. 경비실 벽에 걸린 거울을 보며 가끔 중얼거려 본다. 한행태, 너 참 열심히도 살았구나!

사족

동쪽 끝에 붙어 있던 작은 신생국이 70년 세월 속에 대국이 되었다.
식민지와 전쟁과 가난을 딛고 일어났다. 우리들은 광부로, 선원으로,
군인으로, 노동자로 해외로 나가 피와 땀을 흘렸다. 청계천 천변 판자
촌과 태백 지하 1000미터 막장과 구로공단에서 기적이 탄생했다. 누

하나하나의 대한국인이 모여 대한민국을 만들었다. 사진은 전북 고창 학원농원에 가득 핀 해바라기.

군가는 안락함 대신 험로險路를 택해 조국으로 돌아와 평생을 바치기도
했다. 괄시와 천대 속에 웃음을 준 광대도 있었고 시민들의 발이 되어
준 안내양 누나도 있었다. 그렇게 열심히 살다보니 21세기가 되었고
지금, 우리는 위대하다. 위대한 나를 만든 우리 모두에게 경배.

대한국인,
우리들의 이야기

1판 1쇄 발행일 2016년 2월 5일
1판 4쇄 인쇄일 2016년 4월 15일

지은이 박종인
펴낸이 안병훈
펴낸곳 도서출판 기파랑
디자인 커뮤니케이션 울력
등 록 2004년 12월 27일 제300-2004-204호
주 소 서울특별시 종로구 대학로8가길 56(동숭동 1-49) 동숭빌딩 301호
전 화 02-763-8996(편집부) 02-3288-0077(영업마케팅부)
팩 스 02-763-8936
이메일 info@guiparang.com

ISBN 978-89-6523-847-8 03800